后现代语境下的
现实主义

沙特作家
阿卜杜胡·哈勒
小说研究

刘东宁 —— 著

社会科学文献出版社
SOCIAL SCIENCES ACADEMIC PRESS(CHINA)

本书为浙江省社科规划课题成果

项目编号为：17NDJC294YB

序 一

蔡伟良*

近些年来愿意报考阿拉伯文学研究方向的博士生越来越少。文学研究不仅要有扎实的文学基础，还需要用更多的时间去细读文本，甚至让自己沉浸于作品，无数次地品味、揣摩作者所思、所云……，其中之甘苦，不入其境者实难体会。当下，"快餐文化"几乎成了引领，愿守"寒窗"者、坐"冷板凳"者成了小之又小的"微众"，且又不被人惦记。刘东宁邀我为他这部阿拉伯文学研究专著写序言，借此机会也为所有不为近利诱惑，决心投身阿拉伯文学研究的青年学者点赞。

阿拉伯文学犹如浩瀚大海，历史绵延长达 1500 余年，三年博士阶段学习，实际上也只能说是拾捡到了打开阿拉伯文学这扇厚重大门的"敲门砖"而已，是否能顺畅地入门乃至修成"正果"，取决于日后是否保持原有的心态，是否能持续努力，勇于探索。

刘东宁是 2014 年考入上海外国语大学，并成为我的博士研究生的。刘东宁三年的博士求学是值得肯定的，在读博期间就已发表 6 篇论文。毕业后，继续在高校从事阿拉伯语教学，并主持省部级课题一项，厅局级课题一项。现在，他的博士论文又将付梓，作为他的第一部学术专著，能如愿问世，值得庆贺。

《后现代语境下的现实主义——沙特作家阿卜杜胡·哈勒小说研究》以沙特阿拉伯当代作家阿卜杜胡·哈勒的三部成名作品——《天堂喷出

---

* 蔡伟良，中国阿拉伯文学研究会会长，教育部高校外语专业教学指导委员会前秘书长，上海外国语大学教授（二级）博士生导师。

的火焰》、《"淫乱"》和《犬吠》为研究对象，从政治、家庭和妇女解放、现代化等视角分析了小说的叙事主题；从故事情节的完整性和碎片化、多重化人物形象、空间建构、象征手法等视角探讨了小说的叙事手法，并重点探讨了小说中的历史观和人文观。通过对这四个方面的研究，作者认为哈勒的小说是一种基于传统现实主义之上的融合了现代主义和后现代主义手法的新的现实主义，是对传统现实主义的继承和发展，并提出哈勒代表了沙特阿拉伯现代小说的新现实主义文学思潮，他的这一观点在国内外学术界都具有一定的独创性。

刘东宁的研究除了上述观点创新以外，还有一点创新也是非常值得肯定的，即角度创新。阿拉伯学术界对阿卜杜胡·哈勒的研究主要集中在叙事手法层面，而刘东宁的这一研究恰恰是关注到了被阿拉伯学者们所忽略的创作主题研究，并从新历史主义角度考察作者对历史的认知，发掘哈勒对社会异化和身份认同问题的思考和书写 。

对外国当代作家和作品研究最令人生畏的是几乎没有前人研究成果可供参考，为了形成对研究客体——作家基本思想、观点的准确理解，不仅需要阅读大量作品，有时还必须对作家进行必要的"跟踪"，刘东宁这部专著虽然字数不多，但是它确实是建立在大量文本阅读、比对分析基础上的研究，和围绕自身观点的阐述。

沙特阿拉伯作为中东地区的大国，其政治、经济、宗教影响举足轻重，而且，沙特阿拉伯也是"一带一路"沿线最重要的国家之一，对这一国家展开全方位的深入研究极为必要。文学是折射社会的镜子，对沙特阿拉伯当代文学的研究，不仅仅是阿拉伯文学研究不可或缺的重要组成部分，而且它也为国人了解、认识沙特社会打开一扇窗口，为中沙文化交流搭建一个平台，这将有助于深化两国人民彼此的互信和理解，进而达到"民心相通"之目的。就目前而言，中国学术界对沙特文学的研究是不够的，在对这第一部有关沙特文学专著问世表示祝贺的同时，更期待不久的将来看到更多这方面的研究成果。

2018 年 11 月 8 日

序 二

罗 林*

　　刘东宁是 2008 年跟我读硕士的，当时他对阿拉伯文学，特别是阿拉伯现当代文学萌生了浓厚的兴趣，他的硕士论文《后殖民女权主义视角下的〈不求赦免的女人〉》对埃及当代女性文学家纳瓦勒·萨阿达维的小说《不求赦免的女人》进行了较为全面而深刻分析，使我看到了他对学术研究的热忱、认真，和吃苦耐劳、勇于创新的精神。今闻刘东宁即将出版自己的专著，希望我为其新书作序，于是我欣然接受。

　　该书以沙特当代著名作家阿卜杜胡·哈勒为例介绍沙特当代现实主义小说的发展。该书共分为七章，分析了后现代主义下的现实主义及其在沙特的发展，结合阿卜杜胡·哈勒的个人经历，探讨该经历对哈勒小说现实主义创作倾向的影响。从政治、家庭和妇女解放、现代化等视角分析哈勒小说的叙事主题，并认为哈勒的叙事手法以现实主义创作为原则，融合了现代主义和后现代主义的元素，提出哈勒的小说属于"新现实主义"的范畴，具有一定的创新性。然后该书从新历史主义和人文主义两个视角对这一问题进一步分析，为读者呈现了作家对历史的独特审视和对人类命运的终极关怀。

　　新世纪以来，以沙特为代表的海湾文学异军突起，斩获多项世界知名的文学奖项，成为阿拉伯文坛上一支不可小觑的文学力量，但国内学术界对海湾文学的研究较少，因此作者对这一问题的研究具有一定的开

---

　　* 罗林，北京语言大学国别和区域研究院院长、中东学院院长。阿拉伯语语言文学专业学科带头人，教授，博士生导师。

拓性。该书的出版将成为学术界进一步审视以沙特为代表的海湾文学的一扇窗户，进一步推动国内阿拉伯现当代文学的研究。同时，也可以深化人们对海湾文学形态的认识，以内视角的形式审视海湾社会问题。

此外，该书在撰写过程中参阅了国内外大量的文献资料，翻译了哈勒多部小说的章节，并与作者就某些问题进行了多次沟通，他得出的结论是准确的，是可信的，这也看出了作者治学严谨、认真负责、一丝不苟的精神。

是为序。

2018 年 11 月 12 日

目　录

前　言

　　现实主义文学拥有悠久的历史，在世界各国文学发展历程中，始终流淌着现实主义的血液。19世纪是现实主义文学创作的世纪，但是进入20世纪，现实主义文学虽然逐渐淡出了人们的视野，但是并没有消亡，而是不断地借鉴现代主义和后现代主义的创作思想和手法，不断丰富和发展，特别是20世纪下半叶，现实主义文学重新回到了人们的视野。

　　沙特小说发展经历了五个不同发展时期，由于小说始终受到来自政治、宗教和社会传统势力等方面的影响，发展较为迟缓，但现实主义创作倾向自始至终受到阿拉伯人的青睐，成为沙特小说创作的主流。海湾战争后，以阿卜杜胡·哈勒为代表的一批成长在石油经济腾飞年代的年轻作家脱颖而出，他们开始触及沙特的社会问题——"政治"、"宗教"和"性"等，关注当下社会现实问题，他们扎根于现实主义创作，融入了现代主义和后现代的创作手法，使沙特的现实主义创作进入一个新的历史发展时期。

　　从国内外研究现状来看，国内学者对阿卜杜胡·哈勒的研究尚未起步，而国外学者尽管对哈勒的研究已经较为深入，但主要是从叙事手法、后现代理论等方面展开研究，缺乏对小说叙事主题的探讨，未能深入探究小说主题的现实指向性问题，缺乏对历史建构和人文主义关怀等问题的探究，也就难以发掘哈勒在小说创作中的真正意图和模式。

　　因此本书将就以上问题展开研究。本书共分为七章。绪论部分主要论述国内外学者对阿卜杜胡·哈勒的研究情况，在此基础上阐述本书的主要观点，介绍选题的意义和研究价值，基本思路和研究方法，以及主要内容和学术特色。

第一章论述后现代主义下的现实主义和现实主义在沙特。在世界各国文学的发展历程中，总少不了现实主义的身影，19世纪是现实主义的世纪，而20世纪的落寞使现实主义以更加包容、客观的态度吸纳了现实主义和后现代元素，并再次焕发青春活力。同时沙特的文学创作从一开始就具有现实主义的印记，发展成为沙特小说创作的主流，历经五个不同发展阶段的沙特小说呈现出多种文学创作倾向，其中新的现实主义创作倾向给沙特文学发展注入了一股新的活力。

第二章首先介绍了阿卜杜胡·哈勒的个人经历及其对哈勒小说现实主义创作倾向的影响。哈勒童年所接触的沙特传统神话故事使其小说蒙上一层神话元素，而少年时期西方和阿拉伯小说使哈勒对现实主义文学创作情有独钟，大学的政治学专业学习使哈勒对沙特社会政治问题有着深刻的思考，而西方现代主义和后现代手法被引介到阿拉伯世界，则使哈勒对文学创作有了新的认知。

其次论述了阿卜杜胡·哈勒小说的叙事主题。政治、家庭和妇女解放以及现代化等问题成为哈勒小说的叙事主题的主要模式，触及了以沙特为代表的阿拉伯社会存在的深层问题，是对批判现实文学创作模式的继承和发展。政治主题主要包括社会阶级矛盾和民主两个分主题，而家庭和妇女解放则凸显压制与反抗的问题，现代化主要包括普通民众合法权益的损害和民众思想断层等两个分主题。这三个不同的叙事主题直指社会现实，具有深刻的现实批判性，契合了批判现实主义文学创作的基本特征。

第三章论述哈勒的叙事手法。哈勒的叙事手法基于现实主义创作原则，融合了现代主义和后现代主义的元素。首先，哈勒的大部分小说都保持着较为完整的叙事线索和故事情节，利用多视角的转换，时空蒙太奇手法的运用，使小说在内部具体故事情节处理上碎片化。其次，在塑造人物形象时，哈勒注重在典型环境下塑造典型化人物，在对部分人物处理时，使小说人物失去了立体性，甚至变成一种符号象征；在另外一些人物处理时，塑造出外在特征和内在特征兼具的立体化人物。再次，在小说空间叙事中，哈勒重视小说文本空间的构建，构建了地志空间、心理空间和社会空间三者之间的互动关系。在小说象征性手法上，哈勒延续了现实主义文学创作的基本手法，拓宽了小说的空间和寓意，增强了文本的可读性。最后，小说文本与其他文本相结合，跨越了小说文本的限制，使读者参与到小说人物形象的塑造，激发读者内心深处的情感记忆，展现小说的结构魅力。

第四章论述哈勒小说中的新历史主义。尽管哈勒的小说是现实主义的，但是小说文本所反映出来的历史观却又是后现代的。首先，哈勒将历史书写作为小说话语构建的维度，在小说的虚构中展现历史现实，在历史真实中展现小说文本话语，构建了小说文本的历史话语体系。其次，哈勒的历史书写是以沙特真实的历史现实为背景，融合了部分历史文献和个体的人生感悟，从小人物的视角对这段历史进行重新书写，使小说文本历史化，力图颠覆正统权威历史书写，展现了具有虚构特征的小写历史的客观性和真实性的一面。最后，哈勒解构了宏大历史的客观真实性，将小说文本置于特定的历史框架之下，使小说虚构故事事件中穿插历史事件，历史事件描述中融入虚构情节，虚构人物与现实人物生活在共同的历史场域，虚实结合，使小说文本呈现出现实性和历史性的特征。

第五章论述沙特社会个体存在的焦虑问题，展现了小说的人文主义关怀。主要从两个方面进行探讨：异化和身份认同危机。社会的异化导致人的异化，作为社会主体的人过度地追求金钱、权力和欲望，失去了本身的生活意义和存在价值。人与人之间的交往不再是基于情感交流的需要，而是基于过度的工具理性，将彼此视为达到目的的工具。社会的组织形式，如民主制度和宗教组织，以及给人类社会生活带来翻天覆地变化的现代科技，其原本的服务功能逐渐丧失，将人塑造成被奴役的对象，成为毁灭人类的工具。

　　同时，哈勒对阿拉伯人面临的身份认同的危机也有着深度地思考。沙特社会的文化转型给沙特人思想带来巨大的冲击，他们表现出茫然与不知所措，他们有些人固守自己原有文化身份，有些人则接纳新的文化，但是都面临着文化身份冲击所带来的阵痛。特别是阿拉伯青年，他们在阿拉伯伊斯兰文化和西方文化双重夹击下痛苦抉择，无论是否能够成功构建起自我新的文化身份，都难以摆脱身份认同所带来的痛苦。同时，血统论在相当程度上禁锢了阿拉伯人的思想，撕裂了人们种族身份的认同，而国家政治则撕裂了部分阿拉伯人原有的国家和区域身份认同，使他们成为社会的弃儿。日益固化的阶级身份成为人们难以逾越的鸿沟，而阶级下移则成为人们精神痛苦，甚至走向崩溃的诱因。

　　最后，总结阿卜杜胡·哈勒小说的叙事主题、创作手法、历史认知和人文关怀等主要内容，认为哈勒的小说是一种基于传统现实主义基础之上的融合了现代主义和后现代主义手法的新的现实主义，是对传统现实主义的继承和发展，代表了沙特现代小说的新的文学思潮，并重点分析本书的现实意义和理论意义。

绪　论

21世纪，以沙特文学为代表的海湾文学异军突起，成为阿拉伯世界一支不可小觑的文学力量。阿卜杜胡·哈勒作为沙特当代最著名的小说家之一，2010年获得阿拉伯世界目前最有影响力的文学奖项——阿拉伯小说布克奖，2012年获得利雅得最佳小说奖，时任沙特新闻文化大臣阿卜杜·阿齐兹·胡贾曾赞誉哈勒为"沙特文学大使"，但是国内学术界对哈勒的研究十分有限，尚未有实质性突破。从国内学术界对沙特研究总体状况上看，研究成果大多集中在政治、经济和宗教领域，鲜有涉猎文学领域，而现有的研究成果多涉及20世纪30~60年代，较为陈旧。对沙特现代小说，特别是小说领军人物——阿卜杜胡·哈勒的研究成果寥寥无几，因此对阿卜杜胡·哈勒及其作品研究，可以为其他学者进一步深入研究沙特文学，甚至海湾文学搭建一个新的研究平台，因此本书还具有一定的学术价值。

第一节　国内外研究现状

国内学术界对阿卜杜胡·哈勒的研究成果不多，而且研究也不够深入，见诸的成果主要是两篇学术论文：对外经济贸易大学邹兰芳教授在《2010年阿拉伯小说布克奖尘埃落定》一文谈到哈勒获得阿拉伯小说布克奖的情况，开启了国内对阿卜杜胡·哈勒的研究之维。北京外国语大学薛庆国教授在《乱世中的阿拉伯文学盛宴》一文中也谈到哈勒获得阿拉伯小说布克奖的情况，进一步拓展了国内学者对哈勒的研究视野，但是这两篇论文只是将哈勒的作品作为例证佐证其研究观点，尚未对其小说文本进行具体分析，也未能提及作者的创作思路和创作方法等问题。

阿拉伯学术界对阿卜杜胡·哈勒的研究成果较为丰富，主要以评论性文章和部分学术论文为主，在阿拉伯世界研究全文数据库、Al Manhal阿拉伯语电子期刊、阿拉伯语电子书（KAEL）等数据库中尚未见诸专著出版。沙特吉赞大学文学和人文学院麦基迪·哈瓦基博士认为小说《"淫乱"》中的恐惧元素是基于对人物、语言、时间和空间的构建，具有社会现实的指向性。叙利亚作家、文学评论家穆罕默德·里巴尼在研究了小说的叙事结构、个人与集体的关系后，探讨了沙特石油大发现前后沙特女性地位问题。摩洛哥伊本·图法勒大学文学评论家祖胡尔·克拉姆分析了小说中的战争元素，探讨了也门人与沙特人、旅居沙特也门人与也门本地人以及阿拉伯人与西方人之间的自我和他者身份转化的问题。沙特阿卜杜·阿齐兹大学阿丽亚·巴克尔从空间及其指向性、宗教形象和文本与死亡关系三个方面探讨小说中的宗教命题。该校穆罕默德·哈奇在其硕士论文中从后现代他者理论出发研究小说中的战争、爱情和死亡问题。这些研究主要从叙事学和后现代理论出发对文本进行分析，较为深入地探讨了小说的叙事艺术。但是由于哈勒的小说属于现实主义的文学范畴，准确说，应该属于一种新的现实主义。沙特前劳工部大臣、诗人、小说家贾齐·古赛伊比认为："一个人能够通过小说淋漓尽致地折磨你、磨砺你，那他一定是一个天才小说家"（古赛伊比，2004），哈勒借助于文本批判性的主题反映社会现实，揭露人性的黑暗和丑恶，从而引发读者的反思，因此哈勒的小说叙事现实性是其创作的核心元素，有必要对哈勒小说的叙事主题、叙事手法及其现实指向性进行深入的探讨和研究。

许多阿拉伯学者关于沙特小说发展历程的专著中，对阿卜杜胡·哈勒及其作品也有不同程度的论述，但是这些研究成果大多是研究小说的叙事手法。沙特阿卜杜·阿齐兹国王大学教授、文学评论家哈桑·尼阿米认为《黏土》无论在小说主题还是艺术手法上，都是沙特小说走向成熟的一个重要标志，作者论述了小说中的童话和神话叙事结构，但是没有继续深入分析小说的主题和艺术手法特点，造成文章说服力不足。沙特文学评论家塔米·萨米利尽管从小说的主题和艺术手法两个方面探讨了阿卜杜胡·哈勒笔下的乡村记忆、女性角色的特点、战争文学以及宗教形象等问题，但是作者过于求全责备，使论述全而不精。

总之，国内学者对阿卜杜胡·哈勒的研究尚未起步，而国外学者尽管对哈勒的研究已经较为深入，从叙事手法、后现代理论等方面展开研究，从而确立了哈勒在沙特文学发展中的重要地位，但是由于哈勒的作品多涉及沙特社会的敏感问题，因此阿拉伯学者，特别是沙特学者往往忽略对哈勒作品的叙事主题的探讨，未能深入探究小说主题的现实指向性问题，缺乏对历史建构和人文主义关怀等问题的探究，也就难以发掘哈勒在小说创作中的真正意图和创作模式，因此对于阿卜杜胡·哈勒小说创作现实主义的考察，特别是现实指向性和批判性成为本论文研究的核心，同时对小说叙事主题的深入探讨也展现了哈勒在推动沙特社会发展过程中所发挥的积极作用。

第二节　研究的基本思路和方法

阿卜杜胡·哈勒的小说较为客观地、全面地、立体地展现了沙特普通民众的思想动态和对外部世界的看法与认识，有必要深化对阿卜杜胡·哈勒及其小说现实主义创作挖掘。那么哈勒在沙特、海湾和阿拉伯世界的地位和影响力如何？哈勒小说主题都涉及哪些方面的内容？这些主题是否是对现实社会的回应和批判？其叙事艺术如何，如何体现出作者创作手法新的现实主义特征？哈勒将自己对历史问题的深思带到小说创作中，哈勒是如何处理历史真实和文本虚构之间关系的？哈勒以其人文主义关怀聚焦沙特社会中的异化现象和身份认同危机等问题，在小说文本中是如何体现的？此外，哈勒小说文本所反映出来的思想倾向是否代表了沙特中下民众的思想意识形态？

本研究主要基于以下两个事实：第一，21世纪以来，阿卜杜胡·哈勒的小说主题普遍具有现实的指向性和批判性，这也成为其荣膺阿拉伯小说布克奖的主要原因。第二，阿卜杜胡·哈勒小说不仅具有较高的艺术价值，而且代表了沙特中下层民众的思想意识形态，是研究沙特社会的重要参数。

本研究基于以下四个方面的理论：第一，由于作品属于现实主义范畴，但是又与传统现实主义有着本质的区别，因此必须介绍现实主义文学思潮及其在沙特文学中的表现。第二，小说作品基于一种新的现实主义的假设，必须借助叙事学理论对文本进行必要的分析，以明确阿卜杜胡·哈勒的作品既非传统现实主义，亦非现代主义和后现代主义。第三，小说在叙述沙特历史上的重大历史事件时，刻意在解构社会主流宏大历史叙事，从边缘小人物的视角来看待历史事件，通过历史的虚构和真实结合，力图还原历史的真相，积极参与小说意识形态的建构，因此本研究还涉及新历史主义的理论。第四，哈勒小说以其沉稳、灰暗的笔调对沙特普通民众的精神世界进行书写，洋溢出浓郁的人文主义气息，因此有必要对异化和身份等理论进行探讨。

本书主要采用文本细读的研究法，结合上述四个方面的理论对哈勒小说中的叙事主题、叙事手法、历史建构和人文关怀等内容进行考察，发掘哈勒小说创作过程中所体现出来的新的现实主义创作倾向，而这一创作倾向是否代表了沙特小说发展的新动向，这也为沙特文学研究提供了一个新的思考维度，同时哈勒小说文本所体现出来的创作思想和对沙特历史与现实问题的思考，成为考察沙特社会面貌和普通民众思想动态的一个重要参考。

　　本书在新历史主义关照下，探讨阿卜杜胡·哈勒成长的社会环境、阿拉伯世界重大事件、哈勒个人成长经历等对其作品思想和创作手法的影响，在实证基础上深化对阿卜杜胡·哈勒及其作品的认识，了解以哈勒为代表的沙特中产阶级知识分子的思想倾向，因此本书还需要运用实证分析法对文本进行考察。

　　此外，本书还采用了定性分析的研究方法。由于国内学者对哈勒的研究成果较少，而国外学者对哈勒的研究往往从叙事学角度切入，鲜有涉及哈勒作品的文学创作倾向的研究，而这些研究大多将哈勒的作品笼统地归类为传统现实主义，因此本书在研究过程中需要从多个维度考察哈勒的小说创作，并将哈勒的创作与传统现实主义和现代主义、后现代主义加以区分，进行必要的定性分析。

第三节　研究内容和学术思想特色

　　阿卜杜胡·哈勒始终坚持用现实主义的手法记载沙特社会的风土人情和社会面貌，始终秉持着人文主义关怀和对社会的关切，以其锋利的笔触记载社会转型过程中的各个历史事件，努力挖掘边缘性小人物的人生坎坷，关注普通人的生活轨迹，并且以自己独特的视角重新审视沙特社会的历史，积极参与社会意识形态的建构，因此本书拟从以下五个方面对阿卜杜胡·哈勒及其作品进行研究。

　　第一，从后现代语境下分析现实主义文学思潮及其在沙特小说中的表现，探讨沙特小说发展的各个不同的历史阶段和特点，介绍阿卜杜胡·哈勒及其在海湾地区和阿拉伯世界的地位与影响力。20世纪90年代哈勒开始小说创作，共创作了八部中长篇小说。其小说《死亡从这里经过》被认为是沙特小说的转折点，而《天堂喷出的火焰》则是哈勒小说创作的一个高峰，其小说影响力不再局限于沙特文学界，已深入影响到其他阿拉伯国家。

第二，研究哈勒的人生经历对其作品和文学现实主义创作倾向的影响，以及探讨哈勒具有现实主义特征的叙事主题。哈勒少年时期接触到大量西方现实主义作品，使他始终钟爱现实主义的创作风格，并一以贯之。而其大学时期的政治学专业学习经历，使其具有敏锐的政治家的嗅觉、社会洞察力和批判性。西方现代主义和后现代主义创作手法被引介到沙特，改变了哈勒对文学创作的理念，使其现实主义创作中流露出后现代主义的特征。哈勒的小说作品叙事主题具有鲜明的批判现实主义特征，秉承了具有世俗化倾向的宗教观，关注沙特历史和当下的现实问题，表现出对沙特政治、家庭和两性关系以及现代化等问题的深入思考。

第三，探讨小说的叙事手法。哈勒小说的创作手法是对传统现实主义创作的革新，将传统现实主义、现代主义和后现代主义叙事手法融为一体，呈现出一种既不同于传统现实主义，又与后现代主义有本质差异的新的叙事手法。哈勒秉持了传统现实主义对故事整体性的把握，在典型环境中塑造富有典型化人物特征的形象，同时使用时空并置和对比，将电影艺术的时空蒙太奇手法融入小说创作，使具体故事情节呈现碎片化拼贴的特征，小说人物的内在心理得到张扬，创造了兼具外部特征和内部特征的立体化人物形象，但是同时小说的部分人物又趋向符号化处理，变得模糊。小说不再基于传统现实主义时间线索的程式化叙事，而是基于地志空间、心理空间和社会空间，呈现出多层次、立体化的叙事模式，使小说人物形象更加真实、客观。象征手法的运用和其他文本形式的融入既拓展了小说创作的空间，又增强了小说文本的真实感和可信度。因此阿卜杜胡·哈勒的小说创作手法是传统现实主义和现代主义、后现代主义创作的合流，是一种新的现实主义。

第四，从新历史主义视角探讨历史虚构的另一种真实。哈勒将历史作为话语建构的维度，积极构建自我历史话语体系，参与到社会意识形态的建构。他对沙特历史事件进行重新评估，不再囿于官方宏大历史叙事，而是从自我的人生经历和对部分历史素材的整理中构建一种不同于官方历史的小写历史，展现了沙特历史的另一种真实风貌。哈勒解构了历史学家对历史书写的权威性，使小说文本置于历史框架下，小说人物与历史人物、小说事件与历史事件彼此融合，虚实结合，使读者感到小说如历史一般真实可信，激发人们的历史记忆，成为历史叙事的一部分。

第五，探讨沙特社会个体存在的焦虑。哈勒关注阿拉伯人精神世界的痛苦和迷茫，使小说文本流露出浓郁的人文主义气息。在社会存在的异化过程中，人们逐渐沦为金钱和权利的附属品，甚至只是单纯的机器，没有权利表达自我思想。人际交往也变成了单纯的物质往来，将彼此视为达到自我目的的工具。现代社会的民主制度和社会组织成为人们思想和行为的枷锁，人褪去了主人的特征，而演变成奴隶的形象。哈勒以批判的眼光审视沙特社会的异化问题，关心人的精神世界和道德家园。

同时，哈勒也关注到造成社会个体存在焦虑的另外一个因素——身份认同危机。在转型中的沙特社会，人们受到各种文化的冲击，对他们原有的价值观念构成挑战，他们要么固守自己原有文化身份，要么接纳新的文化，但是都无法避免文化身份调适所带来的阵痛。阿拉伯人传统的血统论和国家政治撕裂了阿拉伯人身份认同，使他们成为社会的弃儿，这也是造成他们不幸的根源。社会阶级变动产生的身份认同焦虑使阿拉伯人迷失了自我。

本书在撰写过程中出现了许多难题，主要包括三个方面。第一，关于阿卜杜胡·哈勒的研究主要集中在阿拉伯世界，部分研究材料需要在沙特国内获取，现有材料尽管较为丰富，但是仍然以网络资源为主，这就给本书文献的收集带来一定的困难；第二，尽管阿卜杜胡·哈勒在阿拉伯世界具有较高的影响力，但是国内学者对其研究的成果很少，缺乏中文材料作为研究的参考依据；第三，网络上有许多关于哈勒的电视访谈节目，但多为方言，对这些材料的收集、整理和翻译增加了研究难度。

最后，本书的创新之处主要有以下三点。

第一，观点新。本书主要针对阿卜杜胡·哈勒小说的现实主义进行研究，并认为哈勒的现实主义与传统现实主义有着本质的区别，呈现出现代主义和后现代主义的特征，是一种新的现实主义，而国内外学术界尚未提出这一学术观点。阿卜杜胡·哈勒不是以个体在发声，而是代表着一个作家群体，从某种意义上而言，哈勒是沙特新的现实主义创作的典型代表。

第二，角度新。阿拉伯学术界对阿卜杜胡·哈勒的研究主要集中在叙事手法层面，而忽略了对作者创作主题的研究，也没有从新历史主义角度考察作者对历史的认知，没有发掘哈勒对社会异化和身份认同问题的关注，因此难以发掘作者的创作动机和思想倾向性。

第三，内容新。对阿卜杜胡·哈勒的研究，国内学术界只有两篇学术论文发表，尚未有专著出版。尽管这两篇学术论文开启了国内学术界对阿卜杜胡·哈勒作品研究的关注，但是尚未对哈勒及其作品做专项深入分析。

第一章　后现代主义下的现实主义与现实主义在沙特

第一节　传统现实主义

现实主义文学作为一种文学思潮具有十分悠久的历史，世界各国文学在发展历程中始终流淌着现实主义的血液。现实主义文学最早可以追溯到古希腊罗马时期。亚里士多德在《诗学》中曾提出"模仿说"这一文学创作理念，强调文学创作需要"按照事物本来的样子去摹仿"。在文艺复兴时期，许多人文学家进一步发展了这一理念，在追求模仿现实的同时，强调人的主观能动性，主张人们将生活素材进行典型化处理。18世纪启蒙运动时期，狄德罗等人对艺术与自然的关系进行了深刻的阐述。19世纪50年代，法国画家库尔贝和小说家尚弗勒里等人第一次以"现实主义"标签来标记当时的新兴文艺，现实主义文学由此得名。他们还创办了一个名为《现实主义》的期刊，提出了现实主义文学的创作原则、标准和任务，并界定了现实主义文学的代表作家，从此现实主义文学作为一个文学流派最终确立。

从某种意义上说，19世纪是现实主义的世纪。现实主义文学从19世纪20年代起就取代了浪漫主义文学在欧洲文坛上的主导地位。这时欧洲文坛涌现出一大批优秀的小说家，如巴尔扎克、狄更斯、左拉、哈代和托斯陀耶夫斯基等。现实主义文学脱胎于浪漫主义文学，经历了从自发到自觉的发展历程。许多浪漫主义作家由浪漫主义逐渐走向现实主义，甚至著名的浪漫主义文学代表作家雨果，在其文学创作后期，也转向现实主义文学创作，展现了新兴现实主义文学的强大生命力。

现实主义文学之所以在欧洲各国盛行，有着深刻的社会历史原因。19世纪，资本主义制度先后在英法等欧洲传统大国确立，资本主义经济迅速发展，掀起了一股城市化浪潮，这一方面给人类带来了极大的物质便利，开启了人类文明前进的加速器，但另一方面资本主义生产关系下的社会问题日益突出，工人与资本家的矛盾逐渐激化，"人们终于不得不用冷静的眼光来看他们的生活地位、他们的相互关系"①，这为现实主义文学创作提供了广泛的创作空间。同时，自然科学和唯物主义的发展，促使作家以更加冷静、客观地视角来看待社会生活中的变化，不再满足于浪漫主义的主观幻想和个人叛逆，这样，以客观描述和批判现实生活为特色的现实主义文学最终在欧洲文艺思潮中确立了自己的主导地位。

与浪漫主义文学相比，现实主义文学作为一种新兴的文学流派具有鲜明的艺术特征，首先，现实主义作家以客观冷峻的态度描写客观社会现实生活，规避直接表现作家的主观感受和情感，而将作家的思想和情感蕴含在具体故事情节当中。福楼拜在《致乔治·桑的信》中指出，"艺术家不该在他的作品里露面，就象上帝不该在自然里露面一样"。作家们为了准确把握时代的脉搏，必须借助于大量客观事实的描述，力图还原真实的社会现实。

其次，现实主义文学主张将客观事物典型化，注重人物和社会关系的描写，在典型的社会环境中塑造典型的人物性格。现实主义作家放弃了浪漫主义将人物性格理想化的主观主义创作倾向，力图从人物所处的社会历史环境和故事情节中塑造人物形象。"据我看来，现实主义的意思

① 《共产党宣言》，人民出版社，1997，第31页。

是，除细节的真实外，还要真实地再现典型环境中的典型人物。"①巴尔扎克、狄更斯、果戈理、屠格涅夫、托尔斯泰等一大批现实主义作家成功塑造了一大批典型的人物形象，有没落的贵族，有新兴资本家，也有大批底层受压迫的小人物，这些人物形象真实地还原了小说人物所处的时代背景、社会风貌和人物心理。

再次，现实主义扩大了小说创作的体裁，综合反映所处时代各阶层的社会生活，构架了一副广阔的历史画卷，具有较高的社会历史价值。巴尔扎克《人间喜剧》的创作意图就是为了"写出许多历史家所遗忘了的历史，即人情风俗的历史"②。托尔斯泰的《战争与和平》以史诗般的气魄反映了拿破仑入侵俄国时期沙俄社会各个阶层人物的思想动态，展现了广阔的社会历史风貌，他所揭示的政治的和社会的真理比政客要深刻得多。

由于现实主义受到了启蒙思想的影响，作家们往往秉持人道主义理念，强烈抨击资本主义制度的黑暗，为底层普通人民代言，为其利益呐喊，正如别林斯基在《给果戈里的一封信》中指出："在人民中间唤醒几世纪来埋没在污泥和尘芥里面的人类尊严。"③但是由于作家的阶级属性，他们在不遗余力地批判资本主义社会黑暗的时候，无法指出资本主义社会罪恶的根源，也未能为资本主义的社会弊端开出祛病良法。"资产阶级的'浪子'的现实主义是批判的现实主义。这个主义除揭发社会的恶习，描写家族传统、宗教教条和法规压制下的个人的'生活和冒险'外，它不能够给人指出一条出路。"④

最后，现实主义文学在艺术手法上与浪漫主义有着本质的区别。现实主义作家善于通过典型环境和生活细节来烘托人物性格和心理，从外部描写人物内心的矛盾变化。同时现实主义还善于运用讽刺手法，深刻

---

①　《马克思恩格斯选集》第 4 卷，人民出版社，1972，第 462 页。

②　巴尔扎克：《人间喜剧》序言，世界图书出版公司，2009。

③　朱光潜：《西方美学史》下卷，人民文学出版社，1964，第 168 页。

④　朱光潜：《谈美书简》，北京出版社，2003，第 108 页。

地揭露社会现实。狄更斯、莫泊桑、果戈理、契诃夫等都是讽刺艺术的大师。他们运用夸张、对比等讽刺艺术手法，深刻地揭露资本主义生产关系下的社会丑恶本质。

此外，现实主义文学还非常关注普通人的生活，力图展现普通人的人生命运和坎坷。他们摒弃了浪漫主义文学脱离社会现实的创作倾向，作家笔下的主人公不再是传统的英雄人物，而是一群处于社会底层的小人物。俄国作家果戈理就曾提出了写"小人物"的口号。恩格斯也认为："近十年来，在小说的性质方面发生了一个彻底的革命，先前在这类著作中充当主人公的是国王和王子，现在却是穷人和受轻视的阶级了，而构成小说内容的，则是这些人的生活和命运、欢乐和痛苦。"①

第二节　后现代语境下欧美现实主义

进入 20 世纪，欧美文学主流由现实主义先后转向到现代主义和后现代主义。第一次世界大战前后，西方垄断资本主义国家之间和内部阶级矛盾日益激化，撼动了资本主义社会的传统价值观念，人们内心悲观、厌世、恐慌和彷徨，颓废思想抬头，使作家纷纷转向内部世界的描述，坚守自我这块阵地，同时，尼采的"超人"理论、叔本华的非理性哲学、柏格森的直觉理论以及弗洛伊德的精神分析理论都为现代主义文学的繁荣提供了理论支撑，于是现代主义文学应运而生并迅速取代现实主义的主导地位。这一时期涌现出一大批优秀作家，如英国诗人艾略特和叶芝、爱尔兰小说家乔伊斯、法国小说家普鲁斯特、美国诗人庞德以及奥地利小说家卡夫卡等。现代主义文学的主要流派有后象征主义、未来主义、超现实主义、意识流小说等。作家们普遍反对传统的现实主义的创作原则，反对塑造典型环境中的典型人物，强调小说在艺术形式上大胆创新，

---

① 《马克思恩格斯全集》第 1 卷，人民出版社，1965，第 594 页。

他们惯用象征手法表现抽象的概念，运用内心独白和自由联想等意识流的手法成功挖掘人物的潜意识活动，作家们也常常运用荒诞的手法巧妙地揭示作品的主题，表达作者对于人类前途和命运的忧虑，启发读者深思。

第二次世界大战前后，现实主义曾出现了短暂的繁荣，如苏俄的社会主义现实主义，但是很快被现代主义和后现代主义文学所替代。由于战争对西方社会的破坏，资本主义社会面临重重危机，悲观厌世的情绪再次抬头，以萨特、加缪为代表的法国存在主义哲学思想泛滥，后现代主义取代现实主义成为西方主流的文学创作思潮。后现代主义继承了现代主义的象征、意识流、荒诞等手法，并且将小说创作的试验性发挥到极致。后现代小说注重对叙述事件进行碎片化处理，增强文本的自我指涉性。小说的创作被解读为语言的建构，语言成为小说创作的核心元素。

但是现实主义始终没有消亡，而是在新形势下不断地借鉴现代主义和后现代主义的创作思想和手法，不断地深化和发展，呈现出新的发展态势。有学者认为"20世纪的现实主义的一个特征是流派纷呈，形态各异：在苏联，有社会主义现实主义，在法国，有无边的现实主义，在美国，有新现实主义，在拉美，有魔幻现实主义。"[1] 布拉德伯里认为无论是现代主义还是后现代，其文学创作始终没有放弃现实主义的书写，"现实主义仍然保持一个持续而强有力的存在。事实上，没有那部宣称是反现实主义的作品本身不将现实主义作为基本成分包含在内"[2]，甚至部分学者对现实主义宣判死刑，但无论学者们持何种态度，现实主义文学的衰败是一个不争的事实。

进入20世纪七八十年代之后，西方资本主义社会趋于稳定，生活水平普遍提高，人们逐渐走出了第二次世界大战工所造成的心理创伤和阴影，以更加深沉理性地思维来看待社会问题。同时西方现代社会的发展，

---

[1] 王守仁：《谈二十世纪的现实主义》，《外国文学评论》1998年第4期。

[2] 转引自余军《美国新现实主义小说研究》，苏州大学博士毕业论文，2013。

一些作家"渐渐对50、60年代颇为盛行的五彩缤纷的实验写作手法失去兴趣"①，后现代主义的文学实验也走向穷途末路。而现实主义文学又重新进入读者视野，为读者大众所喜爱，但是这一时期的现实主义已经与19世纪的现实主义有着显著的差异，许多学者将其称作"新现实主义"或"后现代现实主义"。而现实主义的主战场也由欧洲转向北美大陆。

这一时期涌现出大批的优秀作家，如菲利普·罗斯、唐·德里达、托尼·莫里森、罗伯特·斯通、谭恩美等，他们中很多人都获得了具有世界影响力的著名文学奖项，成为新现实主义文学的旗手。

在这一时期，现实主义继承并发扬了传统现实主义的创作思想和原则，同时借鉴了现代主义和后现代主义的创作手法，是对传统现实主义的继承、发展和超越，在主题、题材、人物形象的塑造和叙事艺术等方面形成了独特特征。"当代美国小说出现了现实主义的回归，一个重要的标志是一批新现实主义小说家的崛起……他们在作品中重构历史，表示生活和时代，基本遵循的是现实主义，但又受实验主义精神影响。"②这一时期的现实主义有以下特点。

第一，在题材选择方面。这一时期的现实主义继承了现实主义现实的传统，力图再现当下时代的社会生活，特别凸显以科学技术和消费主义思潮为代表的后现代社会。同时，这一时期的现实主义明显受到新历史主义的影响，认为官方历史书写并非客观，而是具有较强的文本性，渗透着历史编写者的主观价值倾向和道德观念，这样就解构了历史书写所构建的宏大叙事。这一时期的现实主义以小说为载体重新建构小写的历史，积极参与意识形态的建构。

第二，现实主义小说的叙事主题扩大到各个领域，呈现出多样化的特征。小说的主题包括政治、经济、战争、种族、家庭、身份、历史等多个方面。

---

① 郭继德：《当代美国文学中的新现实主义》，《当代外国文学》1997年第4期。

② 王守仁：《新编美国文学史（1945~2000）》第4卷，上海外语教育出版社，2002，第242~244页。

第三，现实主义小说继承了传统现实主义文学在典型环境下塑造典型人物这一创作原则，吸收了现代主义和后现代的人物塑造手法，注重人物心理状态的描述，通过内心独白、意识流、梦境和幻觉等手法的运用，塑造出内在特征和外在特征兼具的、有血有肉的立体化的人物。

第四，从叙事手法而言，这一时期的现实主义融合了传统现实主义小说和后现代实验小说的叙事手法。传统现实主义小说中的"地域叙事"在后现代时期的现实主义中仍发挥着重要的影响力。新现实主义小说继承了现代主义和后现代主义一些成熟的写作模式和技巧，如意识流、内心独白、黑色幽默等，在宏观上追求完整的故事情节，而在微观故事情节上可以追求了碎片化拼贴叙述，在保持故事框架的总体线性叙事的基础上，巧妙运用时空蒙太奇，打乱了小说叙事线索，多角度，多人物叙事，形成众声喧哗的叙事景象。而在后现代主义文学中作为主体的语言明显蜕变成仅仅具有修辞性特征的叙事手段。

第三节　沙特小说及其现实主义发展

沙特小说是伴着现代沙特阿拉伯王国成长起来的，在政教合一的政治体制下，沙特现代小说始终受到来自政治、宗教和社会传统势力的限制，发展缓慢，直到 20 世纪 50 年代末期才出现真正意义上的中长篇小说。与其他阿拉伯国家小说发展历程颇为相似，受埃及、叙利亚等国现实主义小说创作的影响，沙特小说自问世之初就秉持着现实主义的格调，现实主义始终占据着沙特小说创作的主导地位，特别是沙特第一部长篇小说《牺牲的价值》的发表，从根本上奠定了沙特小说的现实主义趋向。

沙特人自建国以来，先后经历了四次中东战争，旷日持久的两伊战争、阿富汗战争和海湾战争等，长期的战争使沙特人始终摆脱不了战争的威胁和战后的阴影。六五战争阿拉伯国家的惨败不仅宣告了以埃及为代表的阿拉伯民族主义的失败，而且战败给包括沙特人在内的阿拉伯人带来了巨大的心理创伤和耻辱。许多沙特作家纷纷转向内心书写，运用现代主义和后现代手法进行文学创作，表达内心的痛苦、绝望和彷徨，如阿卜杜·拉赫曼·穆尼夫（现为叙利亚籍）、贾齐·古赛伊比等，从而掀起了沙特现代主义和后现代主义文学创作思潮，传统现实主义文学创作开始走向低谷。

20世纪90年代以来，以阿卜杜胡·哈勒为代表的一批具有良好教育背景的青年作家开始走上沙特文坛，这些新晋作家仍然坚持现实主义写作，以冷峻、客观地态度坚持严肃写作，但这些作家笔下的现实主义已经与传统现实主义有着本质的区别，他们在坚持现实主义创作原则的同时，大胆借鉴西方现代主义和后现代主义的创作手法，成功塑造了一大批内在性和外在性兼备的典型的人物形象。从某种意义上而言，这一时期的沙特现实主义与美国新现实主义作家所秉持的创作原则颇为相似，是对埃及"六十年代辈"作家创作手法的继承和发展，可以称为阿拉伯的"新现实主义"。尽管新现实主义与传统现实主义之间的具有本质的差异，但是"新现实主义"这一文学概念尚未引起阿拉伯评论界的关注，学者们普遍将这一时期的现实主义与传统现实主义混为一谈。

沙特小说经历了五个不同的发展时期：萌芽期（1930~1959）、形成期（1959~1980）、停滞期（1980~1989）、发展期（1990~1999）、腾飞期（2000年至今）①，现实主义作为一股激流始终流淌在沙特小说创作的血液中，并完成了从传统现实主义到新的现实主义小说的蜕变，在阿拉伯文坛上扮演着重要角色。

1. 萌芽期

以安萨里1930年发表的小说《孪生子》为起点，一直延续到1959年哈米德·达曼胡里发表长篇小说《牺牲的价值》之前。这一时期沙特

---

① 关于沙特小说历史发展时期的划分，阿拉伯学者有着不同的标准，本文主要借鉴沙特著名文学评论家哈桑·尼阿米的观点，但略有调整。

刚刚建立现代沙特王国，百废待兴，教育、报纸和印刷业发展相对滞后，小说作为一种新兴的文学形式，并没有像诗歌那样受到沙特人的重视。由于大部分的作家都是诗人出身，因此作品语言往往流畅优美，人物刻画细致。但是作家在创作小说时往往不考虑作品的艺术性，而是更多关注作品的故事性，强调小说文本的劝喻性，借助小说这种新兴艺术体裁来表达自己对社会现实问题的看法和观点，作家往往过多地干预小说情节，或由幕后走到台前直接阐述自己的观点，极大地削弱了小说的艺术性。《孪生子》和《自然复仇》的副标题是《社会科学文学小说》，而小说《复兴》的献词中明确提到，"谨将此文献给想要为自己的荣誉和为民族生存的青年"①。"安萨里写小说的时候不注重小说的情节、人物、冲突、对话、描写和分析等，而主要关心小说的目的问题，就像是一种在国民教育和外国教育之间斗争的话语。"②作者往往脱离文本直接阐述自己的思想，忽略文本的连贯性和艺术性。

这一时期的沙特小说艺术手法仍显得稚嫩，小说往往与阿拉伯传统文学，如《一千零一夜》、《玛卡梅》等有着千丝万缕的联系，因此这一时期可以看作是沙特文学的过渡期，是阿拉伯古代传统叙事故事文学与现代小说之间的纽带，属于现实主义文学的范畴。同时，有限的小说发表也在很大程度上反映出该时期小说发展较为滞缓，甚至整个 50 年代被部分学者称作停滞期。③

2. 形成期

这一时期小说的主要特征是实现了艺术性的转型，已经具备了成熟的现实主义元素。沙特小说创作的目的不仅仅是劝化教育，更多是追求小说的艺术性，并成功塑造一系列典型化的人物形象。形成这一新趋向的主要原因是沙特社会发展稳定，石油收归国有后，沙特迅速实现经济

①　穆罕默德·卡什阿米：《阿拉伯小说及其在沙特阿拉伯王国的兴起》，《朱拜杂志》2013 年第 35 期。

②　哈姆德·阿里·马格里布：《复兴》序言，文化部出版社，2009。

③　哈桑·尼阿米：《沙特小说的现实与转型》，文化部出版社，2009，第 7 页。

的现代化，政府大力发展教育和新闻出版业，形成了中产阶级知识阶层，同时政府派遣大批留学生赴其他阿拉伯国家学习，他们不仅带回先进的科技和管理理念，而且在学习期间受到了现实主义文学的的熏陶，并将其带回沙特。

1959 年，哈米德·达曼胡里发表小说《牺牲的价值》标志着沙特第一部真正意义上的小说诞生，这部作品深受埃及著名的小说家纳吉布·马哈福兹的影响，具有明显的传统现实主义创作倾向，被认为是沙特阿拉伯 20 世纪 50 年代小说艺术的顶峰。①这部作品以艺术化的手法探讨第二次世界大战前后沙特新旧两种文化的冲突，主人公艾哈迈德赴埃及留学，结识了思想开放而富有学识的埃及女孩法伊莎，与她一见钟情，而与自己订婚的堂妹思想保守，从未接受过现代教育，艾哈迈德在堂妹法蒂玛和埃及女孩法伊莎之间艰难抉择，反映了沙特在面对自我沙漠保守文化和埃及现代开放文化之间所表现出的彷徨和无奈，而艾哈迈德最终选择自己的表妹，表明沙特新一代知识青年在沙特强大的传统文化面前无力抗争，只能选择妥协。小说人物形象突出，心理刻画细腻，情节跌宕起伏，扣人心弦，发人深思，堪称沙特现实主义小说的典范。

此外易卜拉欣·纳赛尔的《睡衣上的窟窿》、哈姆宰·布盖里的《萨法船》、福阿德·安卡维的《仍在山下》在这一时期都取得了很大的成就，沙特文学最终摆脱了《一千零一夜》式的故事性叙事的传统模式，形成了真正意义上的现代小说。值得注意的是，这一时期塞米莱·哈西盖吉先后发表小说《我告别了希望》、《浸透泪水的往事》、《泪谷》等，尽管她的作品在形式和内容上颇为雷同，情节构建和人物塑造略显稚嫩，阿拉伯文学评论家对其作品的评价不高，但是其小说的发表是沙特女性在文学界第一次发声，标志着沙特女性文学的出现，沙特妇女开始以小说为载体表达自我的声音和诉求。

需要特别注意的是，由于"六五战争"阿拉伯人的惨败彻底打碎了阿

---

① 潘定宇：《沙特阿拉伯小说一瞥》，《阿拉伯世界》1990 年第 4 期。

拉伯民族主义的复兴之梦，阿拉伯人看不到民族的未来和希望，悲观、厌世和绝望笼罩着阿拉伯民族，传统现实主义难以真实再现人们的内心焦虑和痛苦，许多阿拉伯作家开始摆脱现实主义写作，转向现代主义和后现代主义书写，受这一文学思潮的影响，许多沙特作家也开始了小说实验创作。阿卜杜·拉赫曼·穆尼夫从 20 世纪 70 年代开始文学创作，先后发表小说《树与暗杀马尔祖格》《拜火教的爱情故事》等，他是一位极富有理想主义、民族热忱和政治责任感的作家，"其作品以深刻反映中东阿拉伯世界政治、社会现实重大问题著称"①，而且摒弃了现实主义小说单纬度、线性叙述的模式，以内心独白、意识流、闪回等现代主义手法进行创作，将西方现代主义的这些创作手法引介到沙特文学当中，改变了现实主义文学独霸一方的局面，开拓了年轻作家的创作视野，成为沙特文坛的一颗巨星。

3. 停滞期

这一时期受到全球石油经济不振的影响，沙特国内的经济开始出现动荡，使许多作家创作失去了一定的物质保障，阿拉伯学者对沙特小说的认可度较低，也在某种程度上打击了作家的创作热情。该时期继续从事小说创作的沙特作家不多，只有穆尼夫和阿卜杜·阿齐兹·姆沙利等少数作家仍笔耕不辍，但是他们将西方现代主义的手法引介到沙特小说创作当中，深刻影响着 90 年代的沙特小说创作手法和倾向，因此停滞期也可以看作是沙特小说发展的过渡期。沙特文学家开始走出国门，放眼看世界，从单纯地向传统阿拉伯文化大国，如埃及、叙利亚等国学习小说创作手法转向西方社会。

穆尼夫在这一时期继续小说创作，先后发表小说《盐城》五部曲。小说描述了阿拉伯半岛上一个国家的社会转型：石油发现之前，社会深受阿拉伯伊斯兰文化和贝都因文化的熏陶，民风淳朴，信仰虔诚；石油发现后迅速改变了原有的社会经济基础，随之而来的是人们思想和价值观念的冲突和异化，以及由此衍生出来的人与人之间的尔虞我诈和奢靡

---

① 仲跻昆：《阿拉伯文学通史》下卷，译林出版社，2010，第 774 页。

腐败。五部曲得到了阿拉伯学术界的广泛认可，阿拉伯作家协会将其列为"20世纪百部最佳阿拉伯语小说"，并于1998年获得开罗长篇小说创作奖。

阿卜杜·阿齐兹的小说《瓦斯米亚》则描写了沙特南方农村社会的转型问题。石油的大发现不仅改变了《盐城》中城市居民的思想和社会生活，而且深刻地影响到阿拉伯半岛农村社会。小说《抽水泵》讲述村民因无知盲目下井修理抽水泵，从而导致窒息死亡的故事，反映沙特农村社会在面对新的生产方式时所表现出来的不适。《路》讲述政府修路占用大量村民田地，农民为此付出巨大的代价却少有回报。村民艾哈迈德宣称放弃自己的土地，但是他的回报却是看不到的"财富"。政府在推动农村现代化过程中极大地损伤了农民的利益和积极性。农民尽管渴望接触外部世界，但是又怕失去自我原有思想价值体系，而这一思想矛盾一直延续到今天的沙特社会。这部作品在阿拉伯世界拥有较高评价，与《盐城》一样被阿拉伯作家协会列为"20世纪百部最佳阿拉伯语小说"。

4. 发展期

随着沙特石油国有化的成功推进，沙特经济得到长足的快速发展，建立起以石油为依托的国家工业体系，沙特社会迅速进入现代社会。1991年的海湾战争不仅改变了阿拉伯世界的地缘政治格局，而且促使海湾地区的阿拉伯人以更加理性、客观的心态审视本国的社会问题。受这一趋势的影响，沙特小说在主题上有了重大突破，小说主题不仅谈论人们所熟知的爱情、家庭、社会和教育等问题，而且走向更深刻、更广泛的社会主题，开始触及沙特社会的"三大禁忌"——"政治"、"宗教"和"性"，作家们纷纷从各自的视角深入挖掘社会敏感问题。"第二次海湾战争冲击着人们的一系列观念和身份……产生一系列问题，促使许多青年迅速摆脱主流话语，探寻真理，发现深刻真相"①。此外，随着沙特教育事业的发展，大批青年走出国门接受良好的教育，许多知识女性也需要借助小说这一文学载体来发表自我对社会的看

---

① 《沙特文学》，阿伊莎网，http://www.dr-aysha.com/inf/articles.php?action=show&id=3669。

法，宣泄沙特保守势力对女性的压抑和摧残。

这一时期小说家的创作手法和创作倾向不再囿于现实主义的束缚，经过小说停滞期 10 年的发展，现代主义的创作手法如意识流、时空蒙太奇、闪回、内心独白和梦境等几乎同时出现在知名作家的笔下，呈现出浪漫主义、象征主义、现代主义、魔幻现实主义和新的现实主义等创作倾向共现的文学繁荣景观，特别是新的现实主义文学创作，体现出传统现实主义与现代主义、后现代主义的合流，使沙特现代小说的发展进入一个新的纪元。

贾齐·古赛伊比作为政府要员、诗人和小说家，其小说大胆谈论社会中普遍受压抑的"性"和"政治"问题，成为沙特触碰社会敏感问题的第一人。在小说《女精灵》中，作者描写了主人公生活在两个不同的世界：一个是现实世界，主人公与老师和同学们在大学中共同的学习生活；另一个是想象的世界，主人公与女精灵阿伊莎之间的夫妻生活。古赛伊比将想象的神奇场景融入现实，在现实中虚构若干想象，给读者构建一个多层次、多平面的纬度。一实一虚，这种虚实结合的双重性很大程度上源自于现实社会的痛苦，作家受制于自己身份的束缚，只能借助于这种魔幻现实主义的创作手法讽刺社会现实。

图尔基·哈姆德是沙特著名的思想家、作家和评论家。他以辛辣的笔触剖析沙特社会中的诸多弊端，因其作品大胆谈论沙特社会的"三大禁忌"，从而引起保守势力的攻击而锒铛入狱，在"500 名知识分子"上书请愿后被无罪释放。其代表作《街巷迁徙幻影》三部曲讲述了青年希沙姆·阿比尔先后辗转于沙特达曼的阿达麦、利雅得的沙米西和吉达的卡拉迪布，因其参加反政府组织而锒铛入狱。有学者认为希沙姆其实就是作者本人，但是他在一次访谈中予以否认。无论真相如何，图尔基以现实主义的笔触对沙特的政治、宗教和性的大胆揭露和辛辣讽刺极大地突破了沙特小说原有的创作主题，引领了沙特整个 90 年代的小说创作纬度，这也成为其作品一直被沙特政府列为禁书的主要原因之一。

而阿卜杜胡·哈勒的创作则更进一步，他在坚持传统现实主义创作原则的同时，成功借鉴西方现代主义和后现代的创作手法，引领着沙特新现实主义文学创作的潮流。他严厉地批评沙特社会的"三大禁忌"，他借助原沙特劳工部大臣贾齐·古赛比的书籍被禁止在沙特出版一事，表达了他对社会禁忌的看法，在哈勒看来，"一个像贾齐·古赛比一样的大臣，国家对其在敏感问题上极为信任，但是一位具有将军军衔的审查人员却禁止其书籍进入沙特出版社，如果对此进行文化解读，只能是出于丑闻。这意味着两个层面：国家沿着一条道路前进，而社会走向另一条道路"①。

同时哈勒善于发掘人性的虚伪和阴暗面，并加以无情地鞭笞，力图触动人性脆弱的一面，引发读者的共鸣和深思。他的作品往往站在小人物的立场，以压抑灰暗的语言基调来探讨他们边缘化的人生际遇和苦楚，成为他们利益的代言人。小说《食草都市》讲述了主人公亚哈亚因家中变故被迫进入城市谋生，然而战争却使他无法与家人团聚，最终夺去了他的生命。母亲为了找寻失去的儿子而不惜牺牲了女儿的幸福，但最终竹篮打水一场空。他的家庭就像一棵脆弱的小草，城市生活毫不留情地腐蚀了它，剥夺了它的一切，甚至包括其所固守捍卫的道德观念和人生价值。阿拉伯著名评论家萨阿德·巴齐亚曾赞扬哈勒："他一直是最忠于小说创作的人，是沙特经济腾飞之前一直延续至今仍在写作的作家，写作模式更接近人性和创作本身，在这一语境下取得前所未有的成就。"②

这一时期女性主义文学的领军人物莱拉·朱哈妮敢于大胆触及沙特社会的"性"禁忌，揭露社会男女不平等的社会现实，并指出男女两性社会被人为割裂是造成社会问题的重要原因之一。她的小说《废弃的天堂》讲述了萨巴、哈利黛和阿米尔三人的情感纠葛，尽管小说故事情节并不复杂，但是莱拉在创作理念上强调读者对文本的参与性，受到西方后经典叙事学的影响，小说无论是从主题还是写作技巧方面

---

① 《与阿卜杜胡·哈勒全方位访谈录》，纳西尔出版社官网，http://www.nashiri.net/inter-views-and-reports/interviews/1931-3-3-v15-1931.html。

② 维基百科，https://ar.wikipedia.org/wiki，2015-11-02。

都堪称这一时期沙特女性主义文学的经典之作，被联合国教科文组织收录到《报纸书》项目中出版。

5. 腾飞期

在阿拉伯人看来，"9·11"事件不仅玷污了伊斯兰教的形象，而且给阿拉伯人带来的巨大的耻辱。随着沙特国内和国外主流话语体系的改变，人们对伊斯兰"圣战"和恐怖主义有了新的认知，促使一批年轻人开始反思沙特主流的思想价值体系，他们不再迷信社会主流话语，主动消解社会宏大叙事，人们的思想更加开放和理性，呈现思想多元化趋势。此外，沙特教育的发展、现代通信技术的进步都促使沙特小说创作拥有更加广泛的平台。

这一时期沙特小说呈现井喷式地发展，涌现出大批的青年作家，小说出版数量超过以往各个时期创作的作品总和（见表1）。

表 1①

年份	小说出版数量		年份	小说出版数量
2000	22		2006	48
2001	26		2007	50
2002	22		2008	65
2003	26		2009	70
2004	30		2010	91
2005	28		2011	100

现代新闻媒体的发展，给年轻作家创作搭建了一个广阔的平台，大批年轻作家加入小说的创作，壮大了小说家这一创作群体，但是这一时期的小说水平却呈现参差不齐的状态，从总体而言，这些新晋作家大多采用浪漫主义和传统现实主义的创作手法，对现代主义和后现代主义避而远之，也鲜有新现实主义的作品。许多作家的创作手法颇显稚嫩，甚至小说创作的目的仅仅为了吸引读者的眼球，提高自我的知名度，缺乏

---

① 哈利德·优素福:《沙特小说——情节、质量和根基薄弱》,《朱拜杂志》2012 年第 35 期。

应有的艺术美感，这就在很大程度上制约了小说的整体发展。"00后的一代始料未及的大胆冒险行为，这代人书写没有明显的归属性……出现了一些具有煽动性的小说，只求出名……不求改变小说的美感和艺术性。"①

值得注意的是，这一新生作家群中女性的比例逐年上升，甚至超过了男性作家的数量，仅2006年出版的48部小说中（见表1），女性作家就占了一半的比例。小说成为她们表达自我内心困苦的媒介，也是她们展现自我、实现自我价值的重要途径。2015年拉嘉·撒尼阿的《利雅得姑娘》一出版就引起评论界广泛关注，先后译成多种主要语言，由于其深受沙特和阿拉伯世界读者的欢迎，至今仍在再版，成为家喻户晓的作品。《利雅得姑娘》的发表激励着一大批女性作家的创作热情。沙特著名小说家、评论家哈桑·尼阿米博士指出："《利雅得姑娘》是沙特读书观点转变的转折点，大胆写作使许多女性用同样的方法进行创作，描述她们日常生活的细节……性关系充斥着新晋作家的文本，他们故意使用刺激性的标题，如《沙特之爱》。"② 这一时期的女性文学尽管大多流于浪漫主义、传统现实主义创作，但也不乏部分优秀的现代主义和后现代主义佳作。

而老作家则笔耕不辍，并迎来了自己创作的辉煌期，赢得众多国际文学奖项。2010年阿卜杜胡·哈勒的《天堂喷出的火焰》获得阿拉伯小说布克奖，2011年拉嘉·阿莱姆的《鸽子项圈》与突尼斯作家穆罕默德·艾什阿里共同荣膺阿拉伯小说布克奖。同年，优素福·穆海米德的《气味圈套》获得意大利齐亚图尔文学奖，《鸽子不能飞在巴里代》获得突尼斯艾比·卡西姆·沙比文学奖，2017年沙特作家穆罕默德·哈桑·阿勒旺的《微小的死亡》获得阿拉伯小说布克奖，他的小说《河狸》于2013年进入该奖的短名单，此外，阿卜杜拉·撒比特的《阿塔伊夫大街》、乌麦麦·哈米斯的《叶树》、马格布勒·阿勒瓦的《吉达诱惑》、巴

---

① 哈桑·尼阿米:《哈桑·尼阿米博士与〈朱拜〉杂志访谈录》,《朱拜杂志》2012年第35期。

② 《沙特反版文学》,《生活报》, http://www.alghad.com/articles。

德莉亚·巴沙尔的《艾阿沙大街的爱情故事》也先后进入阿拉伯小说布克奖的长名单。

这一时期的小说创作主题更加大胆，作家敢于更加直接地触碰沙特社会的"三大禁忌"，谈论当下热点问题，如《二十号恐怖分子》、《天堂之风》等，并形成一种所谓的"反叛"文学的风气，甚至出现了一种文学怪象——缺乏对禁忌的批判就不成其为小说，"似乎没有身体的揭露就无叙事可言"。[①]同时，作家身份日趋多样化，一批宗教人士也纷纷加入小说的创作行列，他们用自己的笔触来维护社会主流价值观念，如阿卜杜·热合曼·阿诗玛维的《乡村直觉》，小说讲述了农民穆罕默德·阿里凭借自己天然的宗教热情四处游学，最终融入宗教精英所构建的主流宗教话语体系当中。这一时期，沙特小说的创作手法更加娴熟多样，浪漫主义、现实主义、象征主义、现代主义、后现代主义、新现实主义的文学创作倾向彼此交织，形成颇为壮观的文化景象。

拉嘉·撒尼阿的小说《利雅得姑娘》成为通俗文学的代表，小说以传统现实主义的笔触讲述了四个来自中上层社会的女孩各自的情感经历，她们通过短信和电子邮件等现代通信交流手段坦诚交流，尽管许多阿拉伯学者认为小说的文学价值不高，但是作者巧妙地使用网络语言，客观地谈论青年学生的高中生活，因而受到读者大众的青睐。小说中传统的逆来顺受的卡麦尔、美貌与智慧并存的萨蒂姆和多国背景家庭成长的米歇尔都没有获得自己的幸福婚姻，而叛逆并富有思想和理性的莱蜜斯则实现了婚姻和事业的双丰收，拉嘉对莱蜜斯寄予了自己对未来的憧憬和希望，对沙特女性解放提出了自己的假说和蓝图。小说语言和故事情节并不复杂，在沙特保守环境下能够大胆揭露高中女性的情感经历和恋爱感悟，从而引发沙特社会各个阶层围绕这一问题的大讨论，为沙特社会的进步和变革带来了契机。

阿卜杜胡·哈勒在这一时期的新现实主义创作手法更加娴熟，将现代主义常见的联想、梦境、时空蒙太奇和内心独白等手法融入现实主义

---

① 塔米·萨米利:《沙特小说:对话与问题》，卡法哈出版社，2009，第6页。

创作中，并得到了阿拉伯小说界的认可，其小说《天堂喷出的火焰》于2010年获得阿拉伯小说布克奖，成为沙特乃至海湾地区国家获此殊荣的第一位作家。小说以金碧辉煌的宫殿影射极权式的王权统治，在宗教外衣下的统治者生活腐化，而底层民众为了改变命运不惜出卖灵魂和道德。在宫殿绝对极权统治下，宫殿俨然变成了其主人的一言堂，其他人没有言论和政治自由，异化成不能表达自我思想的机器。哈勒把地狱般的天堂和天堂般的地狱进行比对，哀叹那些被天堂喷出的火焰所灼伤或即将被灼烧的人们的命运。哈勒始终坚持用现实主义的手法记载沙特社会的风土人情和社会面貌，始终秉持着人文主义关怀和社会关切，以其独特的视角审视沙特的历史和当下。

拉嘉·阿莱姆的小说《鸽子项圈》以麦加街巷的一具女尸开始文本叙述，从各个视角观察艾卜·鲁乌斯胡同发生的故事，它既是小说的故事场又是社会父权的代言人。其作品受到西方现代主义的影响较深，"其作品充满了象征主义、超现实主义、苏菲神秘主义、结构主义符号学、历史、传说故事和神话原型隐喻，语言晦涩，思想深奥"[①]。拉嘉的作品具有较高的艺术性，是沙特小说发展的一个新的高度，属于后现代主义文学范畴，但其在读者当中的影响力较弱。

小　结

现实主义以其对现实问题的深度思考和现实批判性，成为19世纪文学创作的宠儿，进入20世纪，现实主义文学创作已经无力表现社会现实，逐渐淡出了人们的视野，但是现实主义始终没有消亡，而是在新形势下不断地借鉴现代主义和后现代主义的创作思想与手法，特别是20世纪下半叶，美国的新现实主义和拉美的魔幻现实主义都证明了现实主义

---

① 余玉萍:《〈鸽项圈〉中的文学意象及其文化符号》,《外国文学评论》2014年第4期。

仍然保持一个持续而强有力的存在。

　　沙特现代小说由于受到来自政治、宗教和社会传统势力的限制，发展较为迟缓，甚至出现停滞。沙特小说经历了五个不同发展时期，每个时期都有自己的文学特征和使命，但现实主义创作倾向自始至终没有离开人们的视野，成为沙特小说创作的主流，而以阿卜杜胡·哈勒为代表的新的现实主义创作将沙特的现实主义带入一个新的发展阶段。萌芽期的现实主义创作较为稚嫩，发展缓慢，尚未形成现实主义小说创作的氛围。形成期的小说已经具有了成熟的现实主义创作元素。尽管在10年的停滞期期间发表的小说数量有限，但是西方现代主义小说创作手法被引介到了沙特，为小说的创作注入新的元素。海湾战争的影响不仅仅局限于政治领域，同时也促使沙特小说在小说主题上有了重大突破，小说开始触及沙特社会的"三大禁忌"——政治、宗教和性，作家们纷纷从各自的视角深入挖掘社会敏感问题，作家们日益关注当下社会现实和热点问题，并出现了不同于传统的新现实主义文学创作，沙特小说由此进入新的发展期。"9·11"事件之后，沙特人以更加理性、更加开放的姿态接纳现代文明，重新审视本国具有浓郁沙漠贝都因文化特质的阿拉伯伊斯兰文化。小说无论是数量还是质量都有了质的飞跃，形成了庞大的作家群，女性作家以自己敏锐的笔触撑起了沙特小说的"半边天"，小说创作主题更加的多样化。小说创作更加直接大胆地触及沙特社会的"三大禁忌"，形成一种所谓的"反叛文学"，因此开启了沙特小说的繁荣期。

　　从某种意义上说，现实主义文学成为当下沙特文学发展的主基调，浪漫主义、传统现实主义、象征主义、现代主义、后现代主义和新现实主义的文学创作倾向彼此交织，形成颇为壮观的文化景象。

第二章 阿卜杜胡·哈勒现实主义小说与叙事主题解读

第一节 阿卜杜胡·哈勒现实主义小说

2015 年 3 月 10 日，沙特阿拉伯当代著名作家阿卜杜胡·哈勒（عبده محمد علي هادي خال حمدي，1962– ）突发脑溢血住院。沙特前王储穆罕默德·本·纳伊夫第一时间致电慰问，沙特著名思想家、宗教人士苏莱曼·欧岱亲自赴医院看望哈勒，沙特许多著名作家也纷纷赴医院看望。由于哈勒的小说往往揭露现实社会的阴暗面，其杂文评论往往针砭时弊，讽刺挖苦沙特当局和宗教人士，因此被许多人冠以"自由主义者"、"世俗主义者"。哈勒与苏莱曼在医院的合影被传到社交网站上，沙特国内对此呈现出多种版本的解读，从而再次引发沙特社会对哈勒的广泛关注。

哈勒以犀利的笔触触及社会的各个角落，力图还原沙特社会最为真实的一面，通过其作品中主人公坎坷的人生命运深入剖析人性，发掘人们所熟知但却又漠视的社会现象，鞭笞人性阴暗的一面，以期重新净化人们的心灵，而苏莱曼作为传统沙特宗教人士的代表，责无旁贷地始终肩负着"劝善戒恶"、净化人们心灵的社会责任，这两位沙特知名人士的合影可以说代表了沙特社会对人性和社会改造的两种不同路径之间的言和——世俗势力和宗教势力的言和。

阿卜杜胡·哈勒出生于 20 世纪 60 年代沙特吉赞省的一个农村家庭，这一地区靠近也门，农业相对较为发达。当时的农村经济十分落后，卫生条件恶劣，他的几个哥哥都因病相继离世，他成为家里的独子，与母亲和几个姐姐相依为命。在这个村庄，女性同男性一样正常参加社会劳动，并成为家庭的中坚力量，"我（哈勒）发现我生活在一个女人参与社会劳动的社会，女人受到尊重，创造了真主给予的生活，而非男人。人们心中为女人形象种下错误的印记——女人是罪恶的源泉，当这一错误观念普及，社会道德就沦丧了"①。因此阿卜杜胡·哈勒的作品从一开始就在维护女性合法权益，具有女权主义思想倾向。由于哈勒出身农村，农村的社会背景促使他更能关注到社会底层小人物的命运，与其同呼吸共命运，他也自然成为这些社会边缘人利益的代表，为其利益呐喊发声。

这一时期缺乏娱乐设施，村民们最大的乐趣就是晚上聚在一起听老人讲英雄传奇和神话故事，这就为哈勒的小说创作提供了丰富的原始素材，而故事叙述者对故事的把控、对听众的引导也深刻地影响到哈勒小说创作的热情，成为其小说创作的原动力。他在加西尔社会文化俱乐部举办的文化沙龙上承认："我想起了我的村庄，它对我产生了影响，促使我写作。"②他的第一部长篇小说《死亡从这里经过》正是以他自己的故乡为创作原型，讲述黑村村民任劳任怨、勤勤恳恳却又逆来顺受、愚昧无知的形象，

哈勒在青少年时期读过许多现实主义的作品，如狄更斯的《双城记》、雨果的《悲惨世界》、沙威尔·佩兰的《卖面包的女人》、陀思妥耶夫斯基的《罪与罚》等，而后在其舅舅的帮助下又接触到了埃及作家穆罕默德·阿卜杜拉、陶菲克·哈基姆、塔哈·侯赛因、阿卡德、纳吉布·马哈福兹等的作品。"我第一次读阿拉伯小说是舅舅给我的礼物，他

---

① 塔米·萨米利：《沙特小说：对话与问题》，卡法哈出版社，2009，第 260 页。
② 《阿卜杜胡·哈勒与〈加西尔文化杂志〉会谈》，加西尔文化杂志，http://aljasra.org/archive/cms/?p=2079.

从开罗买的，我认识了埃及著名作家"①，这些作家和作品深刻地影响到哈勒的文学创作，使其对现实主义文学始终情有独钟。

哈勒于1987年获得阿卜杜·阿齐兹大学政治学学士学位，四年的政治学学习，造就了哈勒敏锐的政治洞察力和政治觉悟，尽管从1982年至今他一直从事文学创作和新闻工作，并担任沙特著名的《欧卡兹报》主编，担任多个文学俱乐部和文学协会的理事，但是无论哈勒在报纸上发表的评论文章，还是其创作的文学作品，都不同程度的渗透着自己的政治理念。沙特前劳工部大臣、诗人、小说家贾齐·古赛伊比在读过阿卜杜胡·哈勒的小说《死亡从这里经过》后写道："一个人能够通过小说淋漓尽致地折磨你、磨砺你，那他一定是一个天才小说家，你是因为他的才华而喜欢他，因为提及人类的缺点而厌恶他。"②哈勒的才华较早得到了沙特国内评论界的认可，同时也得到了沙特国内部分改革派先锋的认可和支持。2010年，哈勒以小说《天堂喷出的火焰》获得阿拉伯世界著名文学奖项——阿拉伯小说布克奖，时任沙特新闻文化大臣阿卜杜·阿齐兹·胡贾曾赞誉哈勒为"沙特文学大使"。2012年在利雅得书展上，他的小说《迷误者的思念》获得最佳小说奖。此时哈勒的新现实主义创作已经走出沙特国门，受到阿拉伯世界评论界的广泛关注，也成为沙特，乃至海湾地区国家文学发展的里程碑。

哈勒的作品颇丰，短篇小说集有《大地之门的对话》、《空无一人》、《并无开心事》、《谁在夜晚歌唱》等，长篇小说有《死亡从这里经过》、《食草都市》、《是金子总会发光》、《犬吠》、《泥》、《"淫乱"》、《天堂喷出的火焰》、《迷误者的思念》和《夜晚际遇》等，儿童故事集《油灯的故事》，他还整理了两部关于西贾兹和泰哈米亚地区的神话故事《哈密黛说》、《阿吉柏说》等，此外还有一系列的杂文和评论文章。

阿卜杜胡·哈勒始终钟爱现实主义的手法，他曾坦言：我希望能够

---

① 《阿卜杜胡·哈勒与〈加西尔文化杂志〉会谈》，加西尔文化杂志，http://aljasra.org/archive/cms/?p=2079。

② 贾齐·古赛伊比：《〈死亡从这里经过〉后记》，骆驼出版社，2009。

与俄国批判现实主义相关联，能够富有深度地、富有能力地发掘人物的内心世界①。从第一部小说《死亡从这里经过》开始，作者就以其新现实主义的笔触记录着农村社会的点滴，在之后的几部作品《犬吠》、《食草都市》和《"淫乱"》中，作者将这种新的现实主义手法发挥至极致，最终以小说《天堂喷出的火焰》荣膺阿拉伯小说布克奖，以《迷误者的思念》荣获利雅得最佳小说奖。

哈勒于1995年发表第一部长篇小说《死亡从这里经过》，一些阿拉伯评论家将该部作品看作是沙特小说艺术性转型的起点②，作者立足于20世纪五六十年代的沙特农村社会，记载了农村社会中普通农民们与邪恶代表萨瓦迪之间的斗争，具有明显的象征主义和后现代的印迹，但文本更多呈现出是现实主义写作倾向。

之后哈勒于1998年发表小说《食草都市》。与历史学家从数据和资料等宏观视角对战争进行描述的方式不同，哈勒以小说文本出发，以亚哈亚这一小人物的人生变迁为切入口，讲述单亲家庭的他被迫由农村迁入城市吉达谋生，城市的高楼大厦和城市生活使亚哈亚迷失了自我，也泯灭了他的情感和理想。战争爆发后，主人公客死异乡。哈勒以亚哈亚一家的不幸映射当时在也门战争阴霾下沙特南方普通民众家庭的不幸境况。

之后哈勒又发表的小说《犬吠》则是对战争影响讨论的延续。以娃法为代表的也门人响应政府的号召，也迫于沙特政府的压力，回到他们陌生的家乡，成为自己故乡的陌生人，承受着新生活带来的艰难和痛苦。海湾战争的爆发使他们陷入意想不到的困境中，他们没有权利选择战争，也不可能逃避战争，娃法最终走上卖淫为生的道路，标志着那些成长在沙特并回到祖国的也门人必然成为那个时代的牺牲品。

这两部以战争为题材的作品不仅继续了哈勒一贯的现实主义创作文风，而且作家创作明显具有新历史主义的印记，他不再拘泥于宏大历史

① 《哈勒与〈今日文化杂志〉访谈录》，http://www.alriyadh.com/531682。
② 塔米·萨米利:《关于阿卜杜胡胡小说创作经历对话》，《利雅得报》2009年第1期。

叙事,而是从普通人的视角来看待战争对爱情的磨灭,对社会的破坏和对人性的摧残,重新构建海湾战争期间沙特和也门的关系史、人民之间的交往史和苦难史,而这一小写的历史却比官方历史书写要更加翔实可信,借此寄希望统治阶层不要盲目发动战争,令普通民众陷入不幸。

2002年哈勒发表的小说《黏土》,其创作风格与之前的现实主义有了质的不同,该部作品明显受到存在主义的影响,小说谈论自我、存在、命运和世界之间的关系,作者以现代主义的手法进行创作,时间和空间的界限变得模糊。

两年后,哈勒发表小说《"淫乱"》,重新回到新现实主义的轨道。小说以检察官塔里克的视角,通过案件的调查逐渐解开女主人公洁丽莱死后从坟墓中逃跑的秘密,尽管死者不可能重新复活,但是人们仍然坚信主人公与情人私奔,编织各种谣言诋毁死者的声誉,成为其家族的耻辱。小说中的许多人物以作者身边的人物命名,直逼当下现实,深刻剖析沙特社会普通民众的社会心理,给读者心中留下极大的震撼和回味空间。

2008年哈勒发表小说《天堂喷出的火焰》,两年后该部作品获得阿拉伯小说布克奖,该小说成为阿卜杜胡·哈勒文学生涯的巅峰。小说以20世纪70年代转型中的沙特社会为背景,讲述吉达的一个海滨小城随着现代化宫殿的建立而产生的一系列社会影响的故事。小说以第一人称内聚焦方式,以叙述者塔里克的口吻,讲述了主人公塔里克、乌萨玛和尔萨等三个被人遗弃、不求上进的坏孩子各自的人生经历和命运,他们为宫殿所奴役,同时却又成为社会关系的破坏者。三个人相互交错的命运构成了小说的主线,作者通过预叙、追叙、梦境、象征和对比等多种叙述手法的运用,逐渐揭下了小城和宫殿的神秘面纱。

布克奖评定委员会主席、科威特作家塔里卜·拉斐尔对哈勒赞扬说:"小说通过个人的视角来展开描述,你只能看到二维空间里的世界,小说向读者展示了一个可怕的赌徒,描述了一个充满诗性的小说世界。"① 阿

---

① 阿拉伯小说布克奖官网, http://www.arabicfiction.org/ar/news.2.16.html。

卜杜胡·哈勒获得阿拉伯小说布克奖，不仅改变了阿拉伯人对海湾国家，特别是沙特"文化沙漠"的偏见，促使其他阿拉伯国家重新审视沙特文学的发展，使沙特文学得以跨出国门，影响到其他海湾国家的文学，甚至影响到其他阿拉伯国家文学，而且作家的作品很快被翻译成包括英语、法语在内的多种语言，成为世界各国了解沙特社会的一扇崭新的窗口，改变了人们对沙特社会粗线条的认识。

纵观哈勒的小说写作生涯，作者始终坚持用现实主义的手法记载沙特社会的风土人情和社会面貌，始终秉持着人文主义关怀和社会关切，用其锋利的笔触记载社会转型过程中各个历史事件，努力挖掘边缘性小人物的人生坎坷，关注普通人的生活轨迹，并且以自己独特的视角重新审视沙特社会的历史，积极参与社会意识形态的建构。

阿卜杜胡·哈勒的现实主义创作与传统现实主义有着本质的区别，呈现出传统现实主义与现代主义、后现代主义的合流，哈勒的现实主义创作具有以下几个特点。

第一，在主题方面，哈勒的现实主义明显继承了批判现实主义的传统，阶级矛盾成为哈勒小说的政治主题的主线，他秉持具有世俗化倾向的宗教观，关注沙特社会存在的政治、宗教、家庭和两性关系以及现代化转型等社会问题。

第二，就叙事手法而言，哈勒现实主义融合了传统现实主义小说和后现代实验小说的叙事手法。哈勒的大部分小说都保持着较为完整的叙事线索和故事情节，呈现情节总体完整和碎片化拼贴相结合的特点；小说人物既有内外兼具的立体化人物，也有趋于符号化的人物；小说空间取代了时间在叙事中的主导地位，呈现出三重空间的互动关系；小说的象征性和多文本叙事扩展了小说的叙事空间，增加了文本的真实性和可信度。

第三，哈勒的现实主义小说明显受到新历史主义的影响。解构了官方历史书写的权威性和客观性，还原了历史文本性的一面，将历史与现实，真实与虚构融入小说中，使小说形成内在话语体系，建构了具有真实可信的小写的历史，也改变了传统的历史观，从而积极参与到社会集体意识形态的建构当中。

第四，哈勒对社会个体存在焦虑的考察，体现了现实主义所具有的浓郁的人文主义关怀。无论是对社会异化问题的关注，还是对阿拉伯人身份认同的探讨，都是对阿拉伯人精神世界的痛苦、迷茫和扭曲的真实再现，表现了哈勒对人类命运和发展的终极关怀。

第二节　哈勒小说主题现实主义解读

沙特文学从 20 世纪 80 年代就已经出现了较为完备的现代诗歌、后现代诗歌和短篇小说，现代主义和后现代主义文学批判也崭露头角，但是小说的发展仍然滞缓。出版的小说作品不多，只有阿卜杜·热合曼·穆尼夫和阿卜杜·阿齐兹等少数作家仍坚持写作，他们小说文本的叙事主题大多围绕石油和现代化建设展开，穆尼夫的作品还涉及政治问题，从总体而言，沙特小说在叙事主题上没有本质性的突破，仍然囿于沙特"三大禁忌"的束缚。从 90 年代起，以贾齐·古赛比和图尔基·哈姆德为代表的一批先锋作家开始触及沙特社会的敏感问题，揭露社会的阴暗面。尽管他们的作品一出版就被列为禁书，但是他们对其他新晋作家的影响是显而易见的，阿卜杜胡·哈勒正是这一批新晋作家中的佼佼者。

2017 年沙特在政府的强力干预下实施了一系列自由、开放、现代化的措施，王储穆罕默德·本·萨勒曼承诺"我们想要过一种正常的生活，一种我们的宗教转化为宽容和仁慈传统的生活"（沙特阿拉伯王国 2030 愿景，2016 年）。沙特社会正在向宗教宽容、自由开放转型，这契合了这些作家所倡导的价值理念，更离不开他们长期坚持的思想启蒙运动。

哈勒的小说从一开始就具有批判现实主义的特征，社会不同阶级之间的矛盾和分化始终贯穿着哈勒的小说作品。哈勒站在历史的高度，为处于社会中下层的沙特民众的利益呐喊，其小说叙事主题多涉及政治、宗教、性、现代化、家庭、情感、历史、战争、身份等问题，吸引了大批阿拉伯读者和评论家的关注。哈勒于 2010 年获得的阿拉伯国家目前最有影响力的文学奖项——阿拉伯小说布克奖，其得奖的主要原因就在于哈勒一贯围绕阶级矛盾展开的政治主题，阿拉伯小说布克奖评委会主席塔利卜·利法阿在宣布布克奖评选结果时说："辉煌壮丽的宫殿是地狱般的天堂，对于吉达干瘪的街区射出它的火花，叙述者在宫殿主人和那些变成玩偶和奴隶的人之间，以及被剥夺了大海和渔船的渔民之间架起一道桥梁，他们的财产被宫殿所占有，……他们选择了现代版的奴隶制度。"① 因此本章主要探讨哈勒小说中的政治、家庭和两性、现代化三个主题，探讨哈勒在小说现实主义创作中叙事主题的模式。

一　独裁与失语：一种压抑的政治氛围

1. 威权下的阶级架构和阶级矛盾

阿卜杜胡·哈勒在考量社会形态时，具有批判现实主义文学的特征，阶级矛盾和冲突成为小说中的重要主题。《利雅得报》特约评论员阿里·赛义德指出，萨马希尔（沙特著名文学评论家）在《〈天堂喷出的火焰〉：自觉性奴隶制叙事》一文中认为，哈勒的小说文本"受到俄国现实主义影响，具有社会主义倾向"，她强调，从阿卜杜胡·哈勒的第一部小说《死亡从这里经过》至今，阶级冲突成为其小说创作的基本主线。② 但是尽管哈勒的小说具有社会主义的倾向，但是他在表达政治观点时往往采用委婉的方式，具有很大的隐晦性。

《天堂喷出的火焰》采用大量象征、夸张和对比的手法描绘了一个

---

① 《沙特作家阿卜杜胡·哈勒获得阿拉伯小说布克奖》，《阿拉伯耶路撒冷报》，http://www.alquds.co.uk/pdfarchives/2010/03/03-02/All.pdf。

② 《阿卜杜胡·哈勒的小说并非最好的布克奖小说》，《利雅得报》，http://www.alriyadh.com/525014。

绝对专政极权的宫殿世界。小说《天堂喷出的火焰》源于《古兰经》的一段经文，"那火焰喷射出宫殿般的火星，好像黧黑的骆驼一样"（77：32~33）。① 阿卜杜胡·哈勒将这段经文的意义演绎，运用象征手法，以小城和宫殿分别代指地狱般的天堂和天堂般的地狱。每个人都向往进入美好的天堂，而最终到达天堂的人却发现自己已经身陷地狱，并被天堂射出的欲望之火所灼烧。小说深入探讨了沙特的"三大禁忌"——政治、宗教和性，哈勒把沙特社会中的各种社会乱象摆在读者面前，把地狱般的天堂和天堂般的地狱进行比对，哀叹那些被天堂喷出的火焰所灼伤或即将被灼烧的人们的命运，引发读者对这些问题深入的思考，对长期以来困扰社会的性问题和经济问题提出质疑，对阿拉伯威权政治制度和宗教制度进行深入的解构和反思。

哈勒构建了三个主要社会阶层：绝对权力阶层、权力服务阶层和无权阶层。在威权统治之下，统治阶层拥有绝对的政治权利，他们所构建的政治话语体系缺乏真正意义上的宪法和法律，而现有的法律只不过是统治阶层的个人意志的体现；权利服务阶层不但失去表达自我思想意志的自由，而且丧失了人身自由，他们实质上是统治阶层手中的玩偶，他们当中许多人来自无权阶层，是沟通统治阶层和无权阶层的纽带；无权阶层位于整个社会的底层，他们幻想着有朝一日能够进入天堂般的"宫殿"，离开地狱般的"坑区"，改变自我和家庭的悲惨命运，而等待他们的却是喷出地狱之火的天堂，火焰不仅灼蚀了他们原本微薄的资本，而且还吞噬了他们当中许多人的生命。

哈勒对社会阶层的划分不仅阐述了社会的不公，而且还将其基于一定的经济基础之上。"阶级应该是生产关系的物质承担者。阶级不应该是等级或台阶式的社会分层，而应是在社会生产领域内具有物质利益关系的不同社会群体。"② 哈勒所构建的三个主要阶层的经济基础有着天壤之

---

① 《古兰经》，马坚译，中国社会科学出版社，1996，第442页。
② 赵学昌：《马克思恩格斯阶级划分理论与中国当代社会各阶级的分析》，南开大学博士毕业论文，2013。

别，这就决定了他们在上层建筑层面存在着巨大差异，成为不同社会利益的代言人，这一阶级关系渗透着深刻的物质利益关系，而这一关系反映在社会话语权力分割图中就呈现出不对等的比例。绝对权力阶层主要包括宫殿老主人、宫殿新主人拜克尔、其弟纳迪尔，以及宫殿主人的家眷等，他们是沙特社会中大资产阶级权贵的代表，他们掌控着大部分社会财富，这就决定着他们无论是在宫殿之内外都掌控着社会话语和权力；权力服务阶层包括塔里克、乌萨玛和尔萨等为宫殿主人服务的工作人员，他们代表了沙特社会中新兴中产阶级，成为沟通绝对权力阶层和无权阶层的桥梁，他们依附于绝对权力阶层，经济上没有独立，他们占有一定的社会财富，在改变他们上层经济关系的同时，也导致他们精神世界的贫乏；无权阶层则是宫殿以外的街区居民，包括部分借助沙特石油经济发家致富的小资产阶级，这部分人只占有少量的社会财富，却占据了社会的大多数，他们在社会生活中不仅没有自我的话语和权力，而且当自身利益与权力阶层或权力服务阶层利益发生冲突时，他们的利益往往成为牺牲品。

在这一权力分割图中，宫殿主人始终处于金字塔顶端，享有绝对的政治权利，而宫中工作人员为满足宫殿主人的要求疲于奔命，身心憔悴。他们迫切希望逃离宫殿主人所构建的权力机构的魔爪，而宫殿外面的人们向往有朝一日进入权力层，实现个人理想和抱负（见图1）。

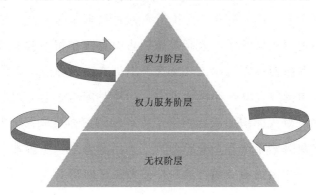

图1

　　因此，在这一阶级构成图中，作为权力阶层始终位于金字塔的顶端，直接压迫权力服务阶层，间接损害和吞噬无权阶层的利益，他们中没有人愿意流向权力服务阶层和无权阶层。权力服务阶层是沟通权力阶层和无权阶层的纽带，他们来自作为社会底层的无权阶层，他们深受权力阶层的压制而不能有任何的反抗，部分人想进入权力阶层，改变自己原有的阶级属性，而部分人试图逃离这一阶层再次回归到无权阶层，安顿自我迷失的心灵家园。而无权阶层处于社会的最底层，他们在数量上占据绝对优势，身受来自权力阶层和权力服务阶层的压迫，他们挣扎在贫穷的泥潭，希望有朝一日能够跻身权力服务阶层，改变自我人生命运。

　　在《天堂喷出的火焰》中，宫殿主人掌控着绝对的社会财富，在社会生活在拥有者绝对的话语和权力。他决定着每一个人的生死和命运，他禁止人们在宫中谈论政治，否则便会遭受相应的惩罚。宫中的老人穆罕默德·卢卡比因为一时兴起，公开谈论伊拉克战争和萨达姆受审，主人毫不客气地当着众人的面朝他扔鞋子，并软禁了他。穆罕默德因此长期羞于出门，日益自闭，最终为主人所唾弃。宫殿主人希望控制宫中的一切言论和思想，不允许工作人员参与政治活动，也不允许他们拥有独立的政治思想和觉悟，他把工作人员转化成维护其统治的纯粹机器，他们只能日夜不停地劳作而不能有任何反抗和异议。人们无论是睡觉还是清醒的，都要随时候命，侍奉左右，对主人的命令不能丝毫怠慢，也不能存在任何违拗。"在宫里，被服务者（宫殿主人）没有确切的睡觉时间，只要他醒来，服务者就要保持清醒，宫殿主人醒来时会询问所有人的情况，如果被告之他睡着了，或者不在，主人将会立刻解雇他，因此许多人趁主人不注意的时候偷偷睡觉。"[①]主人控制着人们的思想和舆论，令人丧失自我反抗意识，心甘情愿地听命于他的绝对极权统治。小说主人公塔里克每晚都梦见自己杀死宫殿主人，杀人手法各不相同，最后哀叹："梦和现实的差距是多么悬殊啊！"（天堂喷出的火焰：389）

---

① 阿卜杜胡·哈勒，《天堂喷出的火焰》，骆驼出版社，2011，第180页。

作者通过对以宫殿主人为核心的绝对政治话语体系的建构，真实反映了威权政治统治之下，阿拉伯民众精神上所遭受的种种不幸和折磨，深刻反映了威权体制所呈现出来的种种弊端，而宫中每一个人都想要杀死宫殿主人的这一现象也在暗示阿拉伯统治阶层，不能继续以强权压制民众的意愿和呼声，必须进行彻底的政治改革。

以尔萨、塔里克和乌萨马为代表的权力服务阶层，他们都来自坑区，跟街区的其他居民一样梦想着进入宫殿改变自己的人生轨迹。他们入宫后长期为宫殿主人鞍前马后，一旦违拗主人的意志，其命运最终走向毁灭，他们仅占有一定的社会财富，难以形成强有力的话语，他们深刻地依附于权力阶层，无法掌控自己的命运，最终只能成为权力阶层的影子。一旦他们的利益与权力阶层的利益产生矛盾，他们的利益就会被无情地剥夺。

尔萨作为宫殿主人的救命恩人入宫，负责主人家眷的起居，站在权利服务阶层的塔尖。他与主人的妹妹冒达彼此相爱，然而巨大的阶级差别横亘在两人的爱情中间。尔萨原以为凭借博士学位就能突破阶层鸿沟，但是他与冒达结婚却触及宫殿主人的底线，主人操控股市，令尔萨上亿资产随着股市崩盘而蒸发。他最终走上反抗宫殿主人的道路，但在主人强大的权势之下，他的抗争只不过是以卵击石，丝毫改变不了玉石俱焚的命运。

塔里克负责强奸宫殿主人的对手，羞辱他们，以便主人抓住他们的把柄，顺利控制他们，使他们要么放弃与主人对抗，要么屈服于主人的淫威。塔里克没有权利支配自己的性生活，也不能离开宫殿半步，随时听命于主人的召唤，丝毫的懈怠必然遭致主人的责骂和羞辱。面对人生的不幸，他无力改变现实，只能逆来顺受，他唯一的反抗就是在梦中以各种手段杀死主人，"我决定杀死他（主人）时机已经完全成熟，我长时间在我的想象中拖着他的尸体，不知道如何来掩埋，当我躺在床上的时候，我就想梦见我杀了他，每天晚上杀死他的方式都不一样"（天堂喷出的火焰：12）。

　　乌萨马由于人长得白净帅气，入宫后负责诱骗年轻少女进入宫殿，供主人巴克尔、其弟弟纳迪尔和其他富豪享受，有时候还负责给纳迪尔讲黄色笑话，因为不堪宫殿的残酷生活和纳迪尔女性化倾向最终逃离宫殿，日夜守候在自己心爱的女人泰哈尼的坟墓前。他选择了放弃反抗宫殿主人的行动，以出逃的形式摆脱了主人巴克尔的魔爪。

　　面对宫殿主人所构建的威权，权利服务阶层长期饱受宫殿主人的压迫，他们异化为一堆没有思想和灵魂的机器，日夜为宫殿主人服务。他们要么秘密逃跑、要么继续逆来顺受，心中怀揣着杀死主人的梦想，要么公然反抗主人的淫威，玉石俱焚，但是最终都无法撼动宫殿主人的统治。

　　作为无权阶层的代表瓦利德·韩柏什凭借着自己辛勤的劳动实现了富裕的生活，他代表了沙特一批城市小资产阶级，他跟权力服务阶层一样，掌控着少量社会财富，成为无权阶层的上层，在底层社会享有一定的社会话语和权力，但是一旦与权力阶层或权力服务阶层利益产生冲突，他们同样难以保证自我利益。为了满足自己旺盛的性欲，他通过享乐婚姻的方式迎娶年轻貌美的新娘，但是他的举动却引起了妻子极大的愤怒，她找到了自己的侄子——作为权力服务阶层的尔萨，尔萨借助宫殿主人的势力令姑父几天之内倾家荡产，住进了精神病院。作为城市小资产阶级，他们掌握着一定的社会财富，但是他们没有善加利用，而是发泄在女人的身体上，同时在威权体制下，小资产阶级的利益被随意践踏，没有任何的保证，他们同样左右不了自我的命运。

　　渔民们在维护自身海洋权益活动中，跟宫殿主人建造宫殿产生了巨大的矛盾，也损害了当地要员的经济利益，结果哈米德惨死在拖拉机的车轮之下，萨利姆趁夜色出海打渔葬身大海，麦蒙到宫殿大门讨要征地补偿，却被投入监狱数年而不能与亲人相见，出狱后郁郁而终。当渔民们拿着祖传下来的地契到政府申诉时，政府只是搪塞了渔民们的合法要求，他们早已瓜分了征地补偿款，提出"先到先得"的原则，结果渔民们连剩下的海岸都被剥夺了。

作为社会底层的无权阶层，渔民们没有像瓦利德·韩柏什一样掌握一定的财富，他们处于社会底层的底层，是沙特社会中无产阶级的典型代表，他们缺乏必要的阶级意识和觉悟，无法认清自我的阶级属性和社会处境，也无法团结在一起与压迫阶层抗争，而他们当中个体的抗争，丝毫不会撼动阶级金字塔的构架，也无法捍卫自身合法权益，其结果只能是牺牲自我原有财富，甚至是生命。

尽管如此，人们仍然梦想着能够进入宫殿，塔里克曾这样评价居民的状态："我认为我们街区的居民仍然做着我们昔日的旧梦，采纳关于'如何入宫？'的这一问题实现的各种可能性，而我们（宫内人员）却在计算着出宫的日子"（天堂喷出的火焰：23）。经过多年的努力，哈姆丹终于可以入宫实现自己的梦想，但是尔萨被杀事件彻底打碎了他对宫殿美好的幻想，他看清了天堂般宫殿的本质，他代表了觉醒一代的无权阶层，但是坑区的大多数人仍然继续做着入宫的春秋大梦。

从某种意义上而言，如果不改变现有的政治体制，不改变人们的经济基础，哈勒所构建的这三个阶层之间的矛盾将永远存在，而人们梦想跻身于高一阶层的努力也永远不会停滞，阶级成为人们不可逾越的鸿沟，高一阶层始终在打压较低阶层的利益，剥夺其话语和权利，较低阶层的利益一步步被蚕食，他们的反抗无异于螳臂当车，无法改变自我压抑的政治处境和社会地位。阿卜杜胡·哈勒这部在2008年完成、2010年获奖的长篇小说给人们展现了长期处于压抑状态的阿拉伯民众的精神状态，为政治上施行绝对极权统治的部分阿拉伯政府敲响了警钟，似乎也预示着那场声势浩大的"阿拉伯之春"的必然到来。

2. 残缺的民主政治

"民主"一词源于希腊语，意思为"人民的当家作主"、"人民的权利"等。民主政治是奉行多数人统治的一种政治制度，是国家现代性的重要体现形式，是人类的共同的理想和价值追求。近现代以来，阿拉伯人一直致力于构建自我的理想国，但是每每失败，无论是共和国制度，还是君主王权制度，无论是资本主义，还是社会主义，亦或者伊斯兰主义，都不能给阿拉伯人带来真正的民主。2011年阿拉伯国家爆发了所谓"阿拉伯之春"，人们将这一事件看做阿拉伯国家建立民主机制的契机，然而时至今日，这次声势浩大的"革命"非但没有实现既定的国家民主和自由的目标，甚至许多阿拉伯国家都站在或已经步入战争的漩涡，国家经历着空前的碎片化。

早在"阿拉伯之春"之前，阿卜杜胡·哈勒在其小说中试图探讨阿拉伯国家民主政治所呈现出阶级性、形式化的特征，民主的实施缺乏舆论的监督，也缺乏相应的保证机制，同时普通民众民主意识淡薄，使阿拉伯国家普遍缺乏肥沃的民主土壤，而外来的民主体制在阿拉伯国家尚未适应迫切的社会的需求，面临着流产的风险。

小说《天堂喷出的火焰》中宫殿主人掌握着绝对的社会财富，控制着社会生产力的发展，也构建了绝对威权的宫殿体制。在这一专政体制下，所谓的民主只不过是权力阶层的民主，甚至在权力阶层成员内部之间，他们因为社会身份和经济地位的差异，所享的民主程度也呈现差异化现象。宫殿主人巴克尔和其弟弟纳迪尔可以随意选择钟意的女孩并占为己有，来宫殿参加晚会的宾客们尽管大多出身商界、政界和金融界精英，但是只能在他们二人选择结束后才有权选择自己的性伴侣。虽然宫殿主人为了增加游戏的刺激性而更倾向于通过抽签的方式决定女孩们的归属，但是一旦他钟意的女孩被他人抽到，他随时随地可以推翻抽签结果。在这一权力阶层当中，有限的民主只是为了更好地服务权力机制的运行，一旦这一民主威胁到极权人物的利益，那么民主就露出了自己专政的面目，以摧枯拉朽之势摧毁任何妨碍其利益的势力，有限的民主改变不了专制体制的实质。

在这一抽签游戏当中，宫中跳舞助兴的女孩们只有被选择的权利，以出卖自己的肉体来换取财富，她们在宫中充当男性欲望发泄的工具，她们跟其他宫中的工作人员一样属于权力服务阶层，对于她们而言，没有任何民主可言，有的只是绝对服从宫殿主人的命令，她们蜕变为没有自我思想灵魂的行尸走肉。

　　尽管宫殿主人的家眷属于权力阶层，她们可以任意差遣权利服务阶层为自己服务，但是她们不能左右自己的婚姻，宫殿主人的母亲沙赫兰嫁给宫殿的老主人，其女儿冒达嫁给堂哥赫炎，她们都被迫接受强加的婚姻，服从于极权人物的安排，成为财富和权力交换的筹码。

　　因此，在许多阿拉伯国家，民主只是少数人的权利，与阿拉伯民众所期待的民主有着本质的区别，其实质上已经打上了深刻的阶级烙印，政府所倡导的民主只不过是给阿拉伯民众开出的一张无法兑现的空头支票。

　　小说《犬吠》中，哈勒谈到了在也门召开的一次新兴民主会议。整个会议期间都由重兵把守以保证会议的顺利进行，政客们在讲台上逐字逐句地念着冗长啰嗦的讲话稿，甚至连也门前总统萨利赫也难以忍受这种马拉松式的会议，讲话稿的内容相似，没有人在意演讲的内容。会议组织者的目的在于宣扬也门在民主道路上取得进步，为世界新兴国家的民主事业做出的贡献，而会议的参与者不在意发言的内容，只是借助民主会议这一形式来证明自我在民主事业上做出的努力，从而在本国民众面前做秀。会议发言人员几乎都是各国的政要，与会代表中没有普通民众的身影，民主会议蜕变成没有民主的会议，只能靠强大的武力予以保障。

　　哈勒笔下的阿拉伯国家民主不仅具有阶级性和形式化，而且民主缺乏保证机制，新闻媒体没有起到监督政府行为的作用，没有形成强有力的舆论监督，而且作为政府喉舌的媒体不断美化政府的施政行为。"油价升高，人们不满，我们报社头条刊登，涨价是英明的决断。等油价第二天降了，回到正常价位，我们在同一位置写：油价下降是英明的决断。"[1]媒体在不断美化政府的施政行为，以欺骗的形式愚弄普通民众，"我们的新闻人难道不知道我们的报纸是骗人的吗？报纸每天都献上死亡的礼物，报纸在社会发生的动荡表层撒上淡水，将刺包住，它每天都在圆谎，掩盖人们的哀叹，哀叹变了感激，感激生命仍然流淌在他们血管当中，像

――――――――――

[1]　阿卜杜胡·哈勒:《犬吠》，骆驼出版社，2011，第105页。

哀乐一样不断重复，软化他们的脖颈"（犬吠：104）。同时阿卜杜胡·哈勒不仅在小说中借助小说人物之口批判新闻媒体的虚伪性，而且他在现实生活中也表达了同样的观点，他在一期对话节目中强烈地批判了新闻媒体的虚伪性，他指出"新闻不需要精美，讲究事实，过去的一段时间以来，报纸媒体试图将垃圾藏在地毯下面，我没有这样做。现在我们有一个比较大的空间借此发表观点，曝光这些藏匿于地毯下面的垃圾"①。

　　在许多阿拉伯国家，人们的民主意识较为淡薄，对民主的认知也过于肤浅。《犬吠》的叙述者"我"被安排参加在也门举行的新兴民主会议，当"我"问及是否需要准备材料时，主编摇头否认，因为主编根本不在意会议的内容，他只关心是否有人能够参加这次国际会议，以便完成自己的工作任务，而关于是否可以借此机会了解新兴国家的民主实施过程中的得失等问题，根本不在主编的考虑范畴之内。在会议期间，"我"跟埃及记者法鲁克夫妻发生了多次口角，为国王制度和共和国制度孰优孰劣争得不可开交。尽管以埃及为代表的共和国制度比以沙特为代表的国王制度在形式上具有明显的民主化特征，但是在国家的政治实践中却没有本质的差异，所谓的民主仍然只是统治阶层的民主。争吵过程中法鲁克夫妇以埃及为阿拉伯世界做出了巨大贡献为由，压制"我"的不满声音，本质上也违背了民主的言论自由的原则。也门民主研究院院长乔·史密斯愤怒地指出："你们为了第三世界的人们做了什么，我们以阿拉伯世界为例，你们制造了你们喜欢的自由，一旦与你们的利益产生冲突，你们就变成了专制的国家，我们不想要这种自由！"（犬吠：252）

　　会议期间，希拉里·克林顿在一段电视视频中说"欢迎阿拉伯女性参政，……希望阿拉伯女性走出社会的迷宫，走出包围她们几个世纪的落后"（犬吠：223~224）。但是希拉里能够跻身政坛与奥巴马角逐美国总统，本身也是美国政治博弈的结果，她所倡导的民主理念尽管具有很

---

① 《与阿卜杜胡·哈勒全面访谈录》，纳西尔出版社，http://www.nashiri.net/interviews-and-reports/interviews/1931-3-3-v15-1931.html。

大的进步性，但本质上仍然是愚弄普通民众的手段。2016年的美国大选充分证明了这一点，美国所谓的民主只不过是在共和党和民主党的候选人之间博弈，无论美国民众是否喜欢特朗普和希拉里，他们都毫无选择地只能从二者之间选其一，因为美国候选人产生的机制决定了普通民众不可能真正接触到总统的宝座，而这些所谓的候选人从一开始就不可能代表普通美国人的利益，他们背后隐藏着大资产阶级和金融巨头的身影，因此美国所倡导的西方民主摆脱不了其资产阶级的属性，因为"资产阶级实行的这一切改良，只是为了用金钱的特权代替以往的一切个人特权和世袭特权。这样，他们通过选举权和被选举权的财产资格的限制，使选举原则成为本资产独有的财产"[①]。而这最终也架空了西方社会所标榜的民主政治，尽管如此，作家哈勒及其笔下人物似乎没有认清美国民主的虚伪性和阶级性，对美国所谓的民主仍有推崇的情结。

但是同时，哈勒在一定程度上也看到了美国式民主的局限性，以及在阿拉伯国家的不适性。希拉里所强调的民主理念对阿拉伯女性而言的确具有较大的进步，但却不是她们迫切需要改变的。小说女主人公娃法每次出门都对自我人身自由受到限制而感到焦虑，她常常批评沙特说："这是一个落后的国家"（犬吠：224）。她总是想办法摘掉头巾，在她看来，"哪怕有一点自由也是好的"（犬吠：224），事实上，在许多阿拉伯妇女看来，她们切身感到的民主首先是摘掉面纱和罩袍，能够自由地行走在大街上，而不是成为一名政治女性参政议政，美国式的民主在阿拉伯国家遇到了水土不服的瓶颈。

二　压制与反抗：家庭和妇女解放

1. 沙特传统家庭符号的断裂

沙特长期以来奉行伊斯兰瓦哈比主义，伊斯兰教跟传统贝都因游牧

---

① 《马克思恩格斯全集》第2卷，人民出版社，1958，第684页。

文化融合在一起，构成沙特社会主流的伦理道德价值理念。20 世纪 70 年代伊斯兰复兴主义盛行以来，特别是伊朗伊斯兰革命之后，沙特的宗教地位和世界影响力，甚至国家安全都受到极大的威胁。为了维护自身宗教地位的权威性和正统性，沙特政府刻意契合伊斯兰复兴主义思想潮流，瓦哈比主义开始趋向保守，致使沙特社会也越发保守。女性精神和情感世界长期处于受压抑的亚健康状态，人身自由几乎被剥夺殆尽，而男性则可以通过多妻的形式解决生理和心理需求。随着沙特女性的受教育程度的提高，她们开始拥有独立的自我意识，迫切需要打碎长期以来加到她们身上的枷锁，这必然对男性所主导的传统男权社会发起挑战，近年来沙特离婚率和出轨率升高亦印证了这一事实。[1]

小说《"淫乱"》[2]中，艾卜·优素福的妻子出轨，他为此痛苦不堪，每天练习各种手法杀死妻子，结果在一天凌晨杀死了妹妹嘉丽莱，由于长期的内心折磨，他也走上了死亡之路。艾卜·优素福之所以如此极端，主要原因是妻子的出轨侮辱了自己尊严和家族的荣耀，因为在阿拉伯人看来，个人和家族荣誉比自己的生命还重要，但是他却从未反思自己妻子宁愿放弃安定的生活而选择出轨的原因。警官艾曼曾成功解救过一个想要自杀的男人，他的妻子跟人私奔，精神崩溃的他来到报社要杀死自己的孩子们。哈勒借助警官艾曼的口吻分析男人异常举动的原因，"这个男人的尊严受到侮辱，他没有宣泄口，只能威胁自己的孩子们"（"淫乱"：93）。女性在精神压抑的家庭环境中，时刻受到来自家庭男性成员的压迫，甚至是家庭暴力，没有自我话语，也无法表达自我思想，能做的只有逆来顺受，而这一压抑的家庭氛围必然导致女性心理的变态和扭曲，出轨成为他们摆脱家庭束缚的极端化路径。而女性的出轨成为男性的污点，对于男性造成致命性的打击，无法宣泄内心的苦痛，他只能像女性一样以极端的方式面对社会现实，或者说是消极逃避现实。

---

① 2010 年沙特有 9233 对夫妇离婚，同年结婚夫妇数量仅为 707 对，而 2015 年有 352680 对夫妇离婚，同年结婚夫妇为 133687 对。

② 阿卜杜胡·哈勒：《"淫乱"》，沙基出版社，2005。

沙特男性掌控着家庭的主导权，控制着女性的一举一动，"在人们心中为女人形象种下错误的印记"①，将女性描述成罪恶的源泉，并将她们囚禁于家庭的牢笼。他们不允许女性有任何的违拗行为，更不允许她们有出轨的行为。小说《"淫乱"》中，嘉丽莱的母亲被传唤到警局接受问询，如果不是得到丈夫穆哈辛的许可，她是绝不可能踏进警局半步，哪怕是进入警局，她始终在丈夫的严密监督之下，一言一行都要得到丈夫的许可。在小说《天堂喷出的火焰》中，女主人公泰哈尼因处女膜破裂被父亲送至农村，被父亲以"荣誉处决"的名义杀死女儿，妻子对这件事情多方打探，每次都受到丈夫的谩骂或毒打，直到丈夫临终，她才知晓女儿 20 年前就已经去世了。这两位母亲都是典型的沙特传统女性，在家庭生活中始终以丈夫的命令为核心，不敢有丝毫的违拗，尽管她们没有出轨，但是她们内心对自己的婚姻有着诸多的不满和悔恨。她们尽自己最大努力做一位贤妻良母，经营好自己的家庭，但是她们最终发现自己在家庭生活中的失败，她们始终是丈夫的影子，无权维护自己的孩子，也无权知道丈夫如何处置孩子们的错误。当泰哈尼的母亲发现事实真相之后，她只能以"不为丈夫举行葬礼"这一极端化手段进行有限的抗议，而这却也丝毫撼动不了丈夫的决定和女儿去世的事实。

在小说《"淫乱"》中，易卜拉欣局长曾指出："如果女人们过着正常的生活，像我们祖先一样，那么她们的眼睛就不会变大，寻找那些用水能填满她们坑的人。……似乎她们逃走、出轨……逃离加在身上的监狱……表面上是出轨，事实上是我们做好的出轨发面团"（"淫乱"：103~104）。其实，女性长期经受精神的压抑和行动上的束缚，对女性而言，家庭不再是心灵休息的港湾，而是束缚灵魂和肉体的监狱。女性从家庭生活中得不到情感的慰藉，只能诉诸外部环境，导致出轨和离婚率的攀升。在这种情况下，男女之间施虐者和受虐者的身份置换，男性找不到内心痛苦的宣泄口，只能诉诸于极端手段。哈勒在解释这一现象时指出："无论是否愿

---

①　塔米·萨米利：《沙特小说：对话与问题》，卡法哈出版社，2009，第 260 页。

意，这是政治的错误，当我试图创造一种生产模式、一种思想、一种文化时……产生了明显的封闭性，同时，创造出来的人物追求本来的自由，但却通过犯错误来逃避封闭的社会，如女孩私奔、离婚率升高。"①哈勒的笔触自觉或不自觉地对沙特家庭符号的消解进行阐释，对造成这一原因的国家政策性错误加以批判。从本质上讲，在女性出轨这一现象中，男性和女性都是家庭生活中的施暴者和受害者，而真正的元凶在于长期以来形成的沙特社会制度和传统家庭伦理道德观念，一旦女性开始摆脱它们的束缚，那么阿拉伯传统家庭符号就开始消解和断裂。

此外，沙特吉哈德战士随着国内外政治局势的变迁，其昔日的荣耀荡然无存，他们的家庭时刻受到政府的监控，给其家庭造成巨大的压力，促使吉哈德战士的家庭趋向分裂，"他的家人否认跟他有联系。如果需要或被要求的话，他们随时准备好正式划清界限，他们准备好将他从记忆中抹去，以换取平静简单的生活，没有剧烈的波折。他母亲是唯一一个为他从家庭消失而苦恼的人。每次突然提到他就潸然落泪，他的全家已经跟他没有接触，也不再为他的吉哈德而骄傲"（"淫乱"：149~150）。

2. 欲望宣泄方式的扭曲

沙特以社会保守而著称，男女被人为分割在两个世界，彼此的正常交流阻断，处于青春期的男女常常缺乏正常的沟通渠道，也没有有效的宣泄情感的方式，许多人只能诉诸非正常手段满足自己的心理和生理需求。

在《天堂喷出的火焰》中，处于青春期的塔里克继承了外公旺盛的性欲，他寻找一切契机满足自己的生理需求，甚至骑到羊背上发泄欲望；小区恶霸穆斯塔法因为个人品行不端错过了结婚的年龄，常常诱捕男孩满足自己的性欲；在小说《"淫乱"》中，为了保证处女膜的完整，嘉丽莱的母亲建议她跟女性交合，"母亲想要我远离你，与女孩在一起，如果我大腿之间的欲望泛滥，她可以平复我的欲望"（"淫乱"：8），如果将

---

① 塔米·萨米利：《沙特小说：对话与问题》，卡法哈出版社，2009，第 260 页。

他们的行为简单归结为同性恋或者人兽恋显然有失偏颇，事实上，在沙特社会，大多数同性之间的性行为是人们长期处于情感和生理压抑状态的宣泄手段，而且这一手段往往缺乏正确的引导，呈现出扭曲性和隐蔽性的特点。小说中一位大学教授在监狱中进行调查，他试图探寻"沙特日益增多的性变态（通奸和鸡奸）的原因"（"淫乱"：95），而他的调查数据表明，社会环境的变化诱发性变态。因此，阿卜杜胡·哈勒将认为，沙特政府在20世纪70~80年代的制定的政策，人为将两性分割在两个世界，两性长期处于压抑的状态，是社会日益增多的性变态现象的主要原因。

　　同时，性侵儿童也是许多人选择的宣泄方式。2014年沙特一家儿童发展研究中心指出，沙特22.5%的儿童受到性侵或强奸，16%的性侵的实施者来自亲戚。① 沙特儿童受到性侵已经变成亟待解决的社会问题，严重影响了儿童身心成长和发展，进一步加剧了沙特社会环境的恶化。由于这一行为与伊斯兰传统道德观念相左，因此这一现象往往表现得十分隐蔽，正如弗洛伊德的"人格三重结构"所指出的那样，人的心理过程被描述成本我、自我和超我三种力量相互冲突的结果。② 而这些猥亵儿童的行为之所以采用这种隐蔽的方式在很大程度上是其本我与超我在自身较量的结果，即宗教道德与受压抑的性欲望之间的对立冲突。在小说中，少年塔里克经常在小城里猎获一些年幼的孩子满足自己的性欲，他的表弟穆阿泰兹、邻居亚希尔和卢艾伊以及其他男孩都曾遭他的毒手。小说其他人物，如尔萨、乌萨玛、穆斯塔法、欧麦尔和中年妇女穆娜等都有性侵儿童的行为。这些普遍以隐蔽形式存在的性侵儿童的现象是对沙特社会现实的的揭露，正是由于沙特宗教和政治精英们将男女两性世界人为割裂，从而造成了沙特社会长期处于性压抑状态，男女之间缺乏正常的情感和心理沟通，儿童便成为这一社会问题的牺牲品。

---

①　里姆·苏莱曼：《猥亵儿童：隐性文化陋习，必须施以严刑峻法》，《赛巴格报》2014年11月25日。

②　详见朱刚《二十世纪西方文论》，北京大学出版社，2007，第156页。

3. 处女情结：女性精神和肉体的枷锁

《天堂喷出的火焰》中，泰哈妮在男友塔里克夺走她的贞洁之后，父亲为了掩盖她婚前性行为，维护家族荣誉，残忍地将女儿杀死。在传统沙特人看来，处女血不仅代表了女性个人的贞洁和崇高道德，而且关系到整个家族甚至部落的名誉，因而就不难理解为什么泰哈妮的父亲萨利赫在女儿失去贞洁之后必须将她带离城市，并最终亲手杀死自己的女儿。

宫中舞女阿丽娅处女血破裂后，她宁愿留在宫中也不愿意回家，因为在宫中她可以获得大量的金钱，将父亲从狱中赎出，而一旦她的亲人知道她失去了贞洁，为了维护家族荣誉，她的一个兄弟必然会杀死她，他的那位兄弟也会成为"荣誉处决"的牺牲品而被送上断头台。在宫殿中，处女血不再是女性贞洁的标志，也没有人在意家庭或部落的荣誉，因为在这个独立封闭的王国中，处女血变成了达官贵人们享乐的手段，沙特传统道德价值观念在权利和金钱面前变得一文不值，也丝毫不会左右宫殿中的任何行为。

从本质上讲，杀死或即将杀死泰哈妮等人的真正凶手其实并非她们的至亲，而是自古遗传下来的沙特传统游牧价值观念以及被曲解了的伊斯兰教教义。泰哈妮的好友萨米拉，在新婚之夜丈夫将手指插入她的体内流下了处女血，萨米拉的家人欢天喜地地庆祝这一荣耀的时刻，因为处女血维护了萨米拉一家的荣誉。人们将是否拥有处女血看着女性纯洁的标志，完全不考虑到女性个人的道德、人品和心灵等内在的贞洁，而这些因素远比处女血更为珍贵，这一道德评价机制也将一批不慎犯错的阿拉伯女性无情地推向死亡的边缘，成为传统道德价值观念的牺牲品。

4. 老夫少妻：女性在婚姻问题中的缺位

少女萨米拉遵从父母的命令嫁给了一个比自己大 50 岁的老男人，在自己结婚前，没有人征求她的意见，她能做的就是抛弃自己的爱情，完全听从父母的安排。麦拉姆的母亲将她嫁给大自己几十岁的瓦利德·韩柏什，她母亲只是看中了瓦利德的钱，女儿的个人意志始终不在她考虑的范畴之内。在小说《"淫乱"》中，上校纳比勒想娶阿伊德警官的女儿，尽管阿伊德以上校没有阿拉伯部落血统为由拒绝了他，但是阿伊德始终没有征求过女儿的意见。

这些老夫少妻的婚姻在沙特人看来习以为常，在其他沙特现代小说当中也不乏对这一现象的描述，但是很少有人去关注作为这一婚姻中的女主角的个人情感经历，女性往往像商品一样被父母出卖给有钱的老翁，女性在婚姻中始终是缺位的，她们作为家庭和社会中的"他者"对于个人的婚姻问题往往缺乏自我话语和权利。而这一婚姻习俗在很大程度上以宗教的形式加以巩固和确立，并为社会成员所普遍认可和接受，成为女性不幸人生的开端。

三 繁荣与痛苦：沙特高速现代化的反思

经过 20 世纪七八十年代经济的腾飞，沙特社会迅速实现了经济的现代化，创造了举世瞩目的经济奇迹。从沙特国内外舆论来看，人们对于沙特 70 年代现代化建设普遍持积极立场，而对它的反思的声音似乎很少有人关注。以阿卜杜胡·哈勒为代表的一批小说家直面这一经济转型，反思这一经济转型所带来的繁荣和痛苦。哈勒在他的小说中从主人公塔里克的视角对这场发生于 20 世纪 70 年代的沙特现代化进程予以新的阐释，进而深刻反思沙特高速转型的现代化社会。

1. 繁荣伴随着底层民众的痛苦

小说《天堂喷出的火焰》通过大量象征和对比手法的运用，以混乱不堪的小城象征经济腾飞前的沙特社会，而金碧辉煌的现代化宫殿则映射了现代沙特社会，宫殿的建立成为小城居民命运的分水岭。宫殿表面上一片繁华，实际却建立在损害周边街区人民利益的基础之上。普通民众不但没有从经济腾飞中分得红利，却需要为经济腾飞带来的负面效应而买单。

塔里克所生活的街区是吉达的一个传统海滨城镇，人们世代以渔业和手工业为生，生活安逸。街区基础设施落后，垃圾苍蝇满天飞。在后来围海造陆、圈海造宫运动中，渔民们在不知不觉中失去了对海洋的所有权，甚至连感受海风的吹拂和欣赏蓝色的大海也成为了一种奢侈。政府在重新分配海滩的过程中没有考虑当地渔民的利益，只给他们留下一小块偏远的海滩。在这里，宫殿的建造过程象征着沙特 70 年代大规模经济转型，沙特由传统的农业社会进入现代化工业社会这一社会转型。

这一经济转型在很大程度上损害了底层民众的利益。在对抗中，哈米德惨死在拖拉机的车轮之下，萨利姆深夜死在海里，麦蒙到宫殿大门闹事讨要征地补偿，却被投入监狱数年而不能与亲人相见，小城中有头有脸的人前去说情未果，反而受到羞辱和警告，不敢再过问此事。围海造陆彻底打破了小城居民古老的生活模式，他们不得不放弃打渔职业。渔民们以匿名信的形式投诉围海造陆给他们造成的利益伤害，但是政府却不予理睬。后来人们拿着世代流传下来的地契到政府申诉，政府并没有维护渔民的利益，反而提出能者多占的原则，回避了核心问题，导致渔民们彻底失去了剩下的海滩。

另外，宫殿的内外贫富差距的加剧，也反映了沙特社会在现代化过程中出现的严重贫富分化问题。少数人掌握了国家的大多数财富，权力服务阶层尽管备受摧残，然而尚可从经济发展中分得一杯羹，掌握了一定的社会财富，成为社会的中产阶级，而处于边缘的底层民众根本无权从现代化建设中获得自身利益，只占有极少数的财富，而这些财富还时刻受到各方面的威胁，导致他们日益贫穷。

对于发生在 2006 年沙特股市崩盘的解读，阿卜杜胡·哈勒倾向于这是政府的暗箱操作，他在一份秘密报告中指出："国家因为贩毒势力抬头而受到巨大的震荡，他们属于基地组织的原教旨主义恐怖分子，目标是摧毁政权，与之相对的是，大量的金钱在国民手中，部分人同情基地组织，以慈善的形式捐献资助这一趋势，最后钱都流到了毒贩手中。建议采取有效途径来吸干国民手中的钱，让他们看到集中爆炸事件的危害性"（天堂喷出的火焰：389），而通过股市的崩盘迅速榨干像尔萨一样的沙特国民手中的财富是行之有效的办法。小说中专门提到宫殿主人为了执行这一计划，召集了自己的股市操纵团队，共同研究如何榨干股市。由于小说从多个层面来叙述股市崩盘这一现象，因而增加了小说的可信度和文本的张力，给读者极大的回味空间。同时，作者从多个层面讲述股市崩盘这一现象，固然与故事情节发展需要不可分割，但是更多的原因或许在于哈勒自己本身也在这次声势浩大的股市崩盘中损失惨重，该秘密报告的揭露明显具有阴谋论的特征，在很大程度上代表作者本人对这次股市崩盘的个人解读和反思。哈勒通过该事件深刻感受到国家经济牢牢掌控在少数人手中，普通人只是他们游戏的玩偶和筹码。哈勒在《欧卡兹》报上发表评论文章指出："小说《天堂喷出的火焰》体现了中产阶级消亡的景象……因为中产阶级的脆弱将导致社会的无尽灾难。"①中产阶级在这场经济浩劫中逐渐趋于萎缩，贫富差距进一步拉大，沙特社会阶级分化更加严重，为沙特社会的动荡和不稳定埋下了祸根。

2. 繁荣下普通民众的精神焦虑和思想断层

在沙特高速现代化过程中，社会财富的急剧膨胀和贫富差距的悬殊逐渐扭曲了人们的心理，使人们普遍异化为财富的追逐者，"街区的每个人都怀着进入宫殿的梦想，或者站在巍峨的大门面前"（天堂喷出的火焰：59），为了达到尽快致富摆脱贫困的目的无所不用其极，而一旦像塔里克一样拥有了一定财富之后，发现自己已经堕落不堪，早已失去原本纯真的自我。还有一部分人，如亚希尔铤而走险从事贩毒等非法贸易，虽然短期内集聚了大量财富，但最终身陷囹圄，给个人和家庭带来毁灭性的打击，而从事最大的非法贸易活动的宫殿主人却始终逍遥于法律和宗教的约束之外。

沙特在短时间内实现了现代化，伴随现代化进程的是大批城市的建立和农村的消亡，大批的游牧贝都因人离开农村进入城市，尽管人们的生活水平有了巨大的提高，但是人们却发现城市生活带来了巨大的思想

---

① 阿卜杜胡·哈勒《〈天堂喷出的火焰〉中的"淫乱"》,《欧卡兹报》2015 年第 5251 期，第 5 页。

动荡，原有的贝都因生活模式被打破，面对城市中高发的犯罪率和其他城市化所带来的社会问题，许多人开始向往过去平静单调的游牧生活。这些人身体进入了现代化，然而思想还停留在原始游牧文化的窠臼，他们面临着文化"断根"的问题。在这些人看来，"社会由平静的文化变成动态的文化，城市在农村人看来是腐朽的代名词，他们害怕平静文化萎缩消失"（"淫乱"：98）。现代城市文明的发展彻底颠覆了沙特传统文化，人们无法适应现代化的潮流，但是他们再也回不到原有的社会状态。而同样在吉达沙班公墓改造项目中，人们推倒了公墓的围墙，在死者身上建立起了一座连接也门和沙特的休息站，商人们只重视从项目中获得金钱，而年轻人只知道自己的享受，丝毫没有考虑到对亡者的尊重，城市化的进程促使人们的视线紧紧盯着金钱和享受，放弃了道德原则和底线。因此经济的繁荣和现代化一方面给人们带来了生活的便利和极大的物质丰富，但另一方面也造成老一辈人内心的焦虑和恐慌，他们无处安置自己的精神家园，而年轻人迅速适应城市生活，彻底抛弃了原有思想价值体系，也失去了基本的道德观和价值观，迷失了自我，面临文化和思想断层的窘境。

小　结

阿卜杜胡·哈勒始终坚持用现实主义的手法记载沙特社会的风土人情和社会面貌，始终秉持着人文主义关怀和社会关切，以锋利的笔触记载社会转型过程中各个历史事件，努力挖掘边缘性小人物的人生坎坷，关注普通人的生活轨迹，具有批判现实主义的特征。政治、宗教、家庭和两性、现代化等问题成为哈勒小说的叙事主题的主要模式，主要体现在以下三个方面。

首先，哈勒以批判现实主义创作理念深入挖掘沙特社会中的权力阶层、权力服务阶层和无权阶层等三层阶级构架，探讨不同阶级之间的矛盾和阶级分化等问题，以及经济基础与阶级关系之间的互动关系，而阶级矛盾成为小说创作的政治主线。同时，阿拉伯国家民主意识的淡薄，民主政治的形式化、缺乏监督机制以及对民主政治阶级性认识的不足成为制约民主政治进程的桎梏，对西方民主认识得过于肤浅、感性化成为阿拉伯人民主政治的幻影。

其次，哈勒在探讨阿拉伯家庭和妇女解放时，凸显了压制和反抗的特征。男性对家庭生活的绝对掌控和对女性的压制成为女性以极端方式进行反抗的根本原因，这也造就了沙特传统家庭符号的断裂。由于国家政策的原因，男女被人为分割在两个世界，阻断了彼此之间正常的交流，造成人们心理的扭曲，也造成欲望发泄方式的扭曲和变态。而处女情结、老夫少妻等社会问题使女性丧失自我话语和身份，女性在家庭生活中成为男性任意支配的玩偶，成为权力和利益交换的牺牲品。

最后，石油经济使沙特社会短期内实现了现代化，但是其繁荣的背后隐藏着底层民众利益的丧失，贫富差距的拉大扭曲了人们的心理，而股市的崩盘进一步洗劫中产阶级和小资产阶级的财富，因此现代化给沙特人带来了精神焦虑和困顿，使青年人出现思想和文化的断层，最终迷失了自我。

因此阿卜杜胡·哈勒小说的三个叙事主题直指沙特社会现实问题，具有深刻的现实批判性，契合了批判现实主义文学在叙事主题上的处理方式和原则，也是哈勒现实主义创作的核心和重要支点。

第三章 杂糅与融合：哈勒小说叙事手法的多样性

　　阿卜杜胡·哈勒从创作初期就一直秉持着现实主义创作的基调，他不仅关心转型中沙特社会的重大问题，如政治、宗教、家庭和两性以及现代化转型，而且哈勒聚焦沙特中下层民众的生活，深刻揭露普通人的心理和精神状态，对表征出来的伦理道德进行反思。

　　哈勒在叙事手法上基于现实主义文学创作的原则，融入了现代主义和后现代的元素。他在叙事结构上保持了现实主义的完整性，但是在具体细节处理上又表现出碎片化拼贴的痕迹，哈勒是如何将完整性和碎片化融合在一起的呢？在小说人物处理上，哈勒力图塑造典型环境中的典型人物形象，但是这些人物形象有些呈现符号化倾向，有些则兼具内在特征和外在特征，有些直接取材于社会现实，而这些多维度的小说人物又是如何塑造的？在小说空间叙事中，哈勒构建了地志空间、心理空间和社会空间等三个空间，但这三个空间的关系是怎么样的？是如何相互影响的？在象征手法的运用时，哈勒是如何借此拓展小说的空间的？哈勒在小说中融入了多种文本，跨越了文本的限制，实现多元叙事，又是如何实现的？本章将针对这些问题作进一步研究，探讨哈勒叙事手法的多样性。

第一节　情节整体完整和局部碎片化拼贴

传统现实主义小说叙事大多采用较为封闭的叙事结构，叙事视角单一，具有完整的故事情节，不同故事情节之间环环相扣，具有较为严密的因果逻辑关系。美国著名文学评论家米勒指出："由于西方主导传统中逻各斯中心主义的假定，叙事被视为因果相接的一连串事件。若借用亨利·詹姆斯的比喻，这些事件就如同一串珠子，有开头、中部和结尾。"①因此传统现实主义叙事往往具有一条较为明显的叙事线索，将小说的开头、中间和结尾连接起来，形成内在的逻辑关系，为作者有效地组织小说的故事情节，使其按照一定的因果顺序延展以及读者厘清故事内在逻辑提供了便利。但是这种过于逻辑化的叙事除了缺乏艺术化效果之外，也不符合社会现实的表征，因为"现实生活并不像传统现实主义小说所描绘的那样有条不紊、泾渭分明，而是错综复杂、难以捉摸"②。

阿卜杜胡·哈勒的现实主义继承了传统现实主义叙事结构的特征，注重小说讲故事的传统，保持了小说文本的整体性和统一性。为了克服传统现实主义叙事单一、艺术性不足的缺陷，哈勒又借鉴了现代主义和后现代主义的创作手法，利用多视角的转换，时空蒙太奇手法的运用，使小说在内部具体故事情节处理上碎片化，呈现出时空并置、跳跃和多层次叙事的特征，哈勒之所以采用这种艺术手法，这是因为"我趋向碎片化，使我的小说作品更加混乱、曲折，以便更加接近生活，因为生活是不稳定的，仅仅依靠两三个场景是不能再现现实的"③。同时，对同一人物或事件的描述也不再按照一定的逻辑关系来处理，而是具有明显的开放性特征，呈现回环式循环叙事的特点。

①　J. 希利斯·米勒：《解读叙事》，申丹译，北京大学出版社，2002，第43页。
②　刘海平、王守仁：《新编美国文学史》第4卷，上海外语教育出版社，2002，第149页。
③　《哈勒与〈今日文化杂志〉访谈录》，http://www.alriyadh.com/531682。

小说《天堂喷出的火焰》中，哈勒采用倒叙手法，设置若干悬念引发读着内心发问和兴趣，整部作品叙事时间明确，主要故事事件之间具有较强的因果逻辑关系，具有明显的现实主义小说叙事结构特征。小说共分为三大部分：第一部分以第一人称内视角讲述主人公塔里克的人生际遇和宫殿内外发生的故事；第二部分以第三人称全知视角讲述尔萨的发迹、辉煌和没落的一生，这部分许多章节都标有明确的时间日期，与第一章内容遥相呼应，共同构成了小说的主体部分；第三部分故事的叙事视角再次改变，叙述者由塔里克转移到作家哈勒。主人公塔里克从小说的开头就讲述自己驱车驶向宫殿，替主人完成虐囚任务，一路上他追忆自己堕落的一生，像奴隶一般为宫殿主人所控制的一生，到达宫殿后，发现好友尔萨被关在虐囚室，塔里克被迫痛苦地完成虐囚任务，这是小说的开始部分；随着小说故事情节的发展，叙述者塔里克开始讲述了宫殿主人表里不一、道貌岸然的形象，随后联想被自己夺去贞洁的女友泰哈尼，宫殿建立前后街区发生的故事，以及街区居民对宫殿的向往，回想起尔萨将街区居民先后带进宫殿，以及宫中所发生的种种不幸和丑闻，最后塔里克的回忆回到虐囚室，这是小说故事发展阶段；尔萨入宫刺杀宫殿主人反被枪杀，这成为整个小说的高潮；塔里克经受尔萨被杀的痛苦之后来到公墓给尔萨和母亲上坟，最后小说讲述了塔里克去见弟弟易卜拉欣谢赫，与弟弟一起在清真寺做礼拜，内心无比的痛苦和煎熬，小说进入主体部分的尾声。小说的前两部分从整体上保持了现实主义作品一贯的叙事风格，结构完整，时间线索明确，给人以强烈的故事整体感。

但是这两部分在保持整体叙事结构完整性的同时，哈勒在具体情节处理时，采用了回环式的叙述结构，运用闪回、时空蒙太奇、内心独白和意识流等手法，解构了小说具体细节的完整性，使小说呈现碎片化特征，赋予了小说现代主义和后现代主义的元素。在现代主义和后现代主义看来，现实生活并非由一根明显的单一叙事线索引导，而是多层次、多线索、彼此交织的，甚至表现出一种反逻辑性、反理性的特点。哈勒在秉持其一贯的现实主义理念的同时，自觉或不自觉地接受了现代主义和后现代主义对于现实真实的新的诠释。哈勒精心安排了小说具体情节，打乱情节发展的时间轴线，分散在各个章节，力图还原现实生活的混乱复杂的景象。

小说一开始就讲述了塔里克负责宫殿主人虐囚的事务，他希望从虐囚中得到快感，乌萨马建议他利用虐囚档案牟利，但是他惧怕宫殿主人的淫威而不敢僭越。塔里克无法忍受长期的宫殿生活，在多次央求下搬到宫殿外居住，得到内心片刻的喘息，但是宫殿主人始终监视着他的一举一动。之后叙述者塔里克联想到他与麦拉姆的私通。当他看到尔萨被拉进虐囚室后，想到尔萨帮助自己躲过同性恋者穆斯塔法的魔爪，最后他想到杀死主人的时机已经成熟，"我决定杀死他（主人）时机已经完全成熟，我长时间在我的想象中拖着他的尸体，不知道如何来掩埋，当我躺在床上的时候，我就想梦见我杀死了他，每天晚上杀死他的方式都不一样"（天堂喷出的火焰：12）。这句话在小说中反复陈述，也成为故事叙述者塔里克每次回忆中断的落脚点。因此，哈勒在小说的一开始就勾勒出了小说中的主要事件，如虐囚、囚犯档案买卖、宫殿主人专横跋扈、塔里克逃离宫殿、他与麦拉姆私通等，小说从不同角度对这些事件进行反复描述，而事件的叙述时间不在哈勒故事叙事的考量范围之内，哈勒故意打乱故事发展的时间顺序，使故事事件在多角度、多层次的描述下逐渐呈现出本来面目，形成回环式的叙述模式。

在该部分的部分章节中，哈勒人为变换叙述声音，叙述者从塔里克先后转变成乌萨马、冒达、麦拉姆等，他们各自讲述自己身边发生的故事，具有较强的说服力，但塔里克的叙述声音始终是小说叙事的主旋律，哈勒总是在某一叙述者角色叙述人物完成之后迅速回到塔里克的叙述声音，这使得叙述声音总体上保持完整性，避免了故事情节过于繁杂纷乱，同时多声部的叙述声音使小说呈现出众声喧哗的叙述景象，增强了叙述的真实性和可靠性。

此外，哈勒在小说第三部分中彻底改变了故事的叙述者，叙述者从塔里克转到叙述者作家阿卜杜胡·哈勒，这部分属于小说的次要部分，内容较为庞杂,叙述者阿卜杜胡·哈勒以冷眼旁观地姿态客观评价小说部分故事事件,谈论了塔里克与哈勒在冰岛游乐场的一次会谈,引证了部分与故事情节相关的新闻报道,介绍了 35 名宫殿舞女们的生平,以及小说主体部分结束后接下来发生的故事。这就改变了《天堂喷出的火焰》的故事叙事框架,解构了小说故事结构的整体性,形成多重叙述视角和多声部叙述声音,看似无关紧要的内容却成为小说主体部分的重要补充,增强了小说创作的真实性,也是小说《天堂喷出的火焰》现实主义创作中进行后现代实验的重要组成部分。

在小说《"淫乱"》中,哈勒同样采用了其一贯的现实主义创作风格。亚里士多德在《诗学》中提出了他对叙事的观点:"所谓'完整',指事之有头,有身,有尾。所谓'头',指事之不必然上承他事,但自然一起他事发生者;所谓'尾'恰与此相反,指事之按照必然律或常规自然的上承某事者,但无他事继其后;所谓'身',指事之承前启后者。"① 小说《"淫乱"》的叙事结构保持了总体上的完整性和封闭性,小说的主要章节按照故事的发展脉络展开,章节之间有较强的因果联系,具有现实主义小说的开端、发展、高潮和结局,形成一套完整叙述话语体系。

小说一开始讲述了女主人公嘉丽莱从坟墓中逃走,警官哈立德负责侦办这起案件,街区居民谣传她跟人私奔,给她的家人带来巨大的压力,这是小说的开始部分;随着故事情节的展开,为了弄清案件真相,哈立德警官查阅了诸多资料,传唤了众多与案件相关人员来警局调查,甚至挖坟掘墓来寻找嘉丽莱的尸首,但是始终一无所获,最后哈立德警官转变思路,开始调查守陵人沙菲克,这是小说的中间部分;哈立德警官发现沙菲克将嘉丽莱的尸首藏进冰箱,他拔出枪控制住沙菲克,众人进门殴打沙菲克并夺尸,小说进入高潮部分;警官哈立德在骚乱中受伤昏迷,之后在医院醒来,小说进入尾声。因此小说《"淫乱"》具有明显的叙事线索,章节之间逻辑性较强,其小说创作的脉络沿承了现实主义小说创

---

① [古希腊]亚理斯多德:《诗学》,罗念生译,人民出版社,1982,第25页。

作的思路，契合了亚里士多德《诗学》中关于叙事三段论的概念，形成一套完整的稳定结构。

同时，小说《"淫乱"》的部分章节中具有现代主义和后现代主义小说创作的特征，叙事结构呈现出缀合式结构的特征，哈勒将多个故事情节并置，各个情节相对独立，共同谱写转型中沙特社会群像。

哈勒在小说第一章就讲述嘉丽莱的死亡，以及她从坟墓中逃走的传言，人们丑化嘉丽莱的形象，因其给家人造成的不幸和痛苦，使一家人陷入舆论的漩涡当中。在第二章中，叙述时间出现跳跃，哈勒转而讲述20多年前的大嘉丽莱，她被自己怒火中烧的哥哥杀死，情人穆哈辛却惊恐逃走，她的灵魂挂在枣树上，夜夜为其不幸而哀鸣，人们丑化大嘉丽莱的形象，而后转为神话她，之后又回到20多年后小嘉丽莱的家人为其送殡的场景。大小嘉丽莱的死亡都受到人们的诋毁和污蔑，区别只在于大嘉丽莱最终被神话，而小嘉丽莱成为"淫乱"的代名词，在第三、第四章中哈勒继续在两个时间段跳跃，彼此交织，阐述大小嘉丽莱不同的人生经历。哈勒将两个故事情节并置，彼此形成鲜明的对比，营造了类似电影艺术中时空蒙太奇的效果，深刻地揭露了沙特社会中人吃人，甚至吃死人的可怕一面。

此外，哈勒还将叙述者哈立德警官猜忌妻子出轨、艾曼警官善待因情感受挫而去报社自杀者以及他为了维护人们的名誉而不惜与劝善戒恶委员会的宗教警察发生冲突、嘉丽莱与情人马哈茂德单独外出被宗教警察抓住等故事情节并置，看似松散的叙事结构却紧紧围绕着宗教具象束缚下的沙特普通民众的情感焦虑和疑惑。小说不同人物在这一问题上做出了不同的反应，每个人的命运却有着本质的差异，宗教权力机构的介入程度也成为小说人物命运的转折点，哈勒通过对这些事件的并置，系统地展现了转型中沙特社会民众经历的精神和情感危机，以及造成这一危机的内在和外在诱因。

哈勒在小说中常常使用时空蒙太奇的手法。哈勒笔下的小说的各个章节之间时间和空间跳跃频繁，哈勒在一次访谈中对运用时空蒙太奇手法解释说："我们每一个人每天都在经历，我断定没有人能了解这一蒙太奇，但是当写作的时候，一切都可以来发现，这就是写作手法之一，我借此来发掘人物的表象和内心。"①蒙太奇手法打乱了小说线性叙事时间，给读者的文本阅读人为设置障碍，"小说令普通读者感到疲惫和冲击，因此读该小说需要忍耐、推敲和对生活的认知"②，情节之间的跳跃和并置给读者提供了艺术化的享受，增强了小说文本的艺术性。在《"淫乱"》中，叙述者哈立德警官翻阅有关嘉丽莱从坟墓中逃走（2013年1月15日）的卷宗，但叙述的内容很快转向嘉丽莱死后她的家人围坐在一起躲避人们的羞辱，然后叙述时间返回到20多年前的大嘉丽莱，她与情人穆哈辛出门约会被哥哥杀死，之后叙述时间再次跳跃，讲述三、四十年前穆哈辛的出生，然后又返回到大嘉丽莱的死，之后故事转向叙述者哈立德警官被迫接手私奔的案子的场景（案件发生后几周），这时候叙述者的思绪回到了卷宗的查阅。他回想起自己为了查明案情，他不择手段挖坟掘墓却一无所获，又联想到25年前阿萨德公墓两次伤了自己，然后讲述嘉丽莱15日下葬当天的情景，之后思绪再次回到了案件的卷宗。卷宗当中充满了女人们对嘉丽莱的诋毁和侮辱，他想到了自己妻子的诡异表现，怀疑她已经出轨。随后讲到了艾曼警官宽容地对待情感受伤者，以及其他人对出轨的各种看法，最后叙述者讲述哈立德警官展开了现场调查的场景。

小说的叙述时间出现了较大的跨度，从三四十年前讲到了案件发生之后的数月，而且时间随着不同的事件不断转换，时序完全打乱，出现了多层次叙事，但是哈立德警官翻阅案件卷宗这一事件始终作为故事叙述线的主线，其他故事的叙述时间都在这一时间前后跳跃，哈勒构建的叙事时间给人以错综复杂、眼花缭乱之感，但又同时保持了较为稳定的叙事时间线索。

从叙事空间来看，从警察局到嘉丽莱的家里，从大嘉丽莱家门口到

---

① 《哈勒与〈今日文化杂志〉访谈录》，http://www.alriyadh.com/531682。

② 《阿卜杜胡·哈勒与〈加西尔文化杂志〉会谈》，加西尔文化杂志，http://aljasra.org/archive/cms/?p=2079。

被杀的井边，然后跨越到穆哈辛母亲的家中，再回到大嘉丽莱家，然后转到哈立德警官入住的医院，从他在警局查阅卷宗到公墓，再到 25 年前的公墓，再到嘉丽莱去世当天的公墓，然后闪回到警局，到哈立德警官的家中，到报社，以及警官们的座谈会，最后到了嘉丽莱的家中。可以看到，小说的空间跨度较大，在一定的时间内，叙述空间不断转换、并置，哈勒通过这些转换、并置、闪回和时空蒙太奇等手法的运用，使小说明显具有现代主义和后现代实验小说特质，增强了哈勒现实主义小说的艺术性表征。

第二节　多重特征的典型化人物形象

"典型化"是现实主义创作的基本原则，所谓"艺术源于生活又高于生活"就是对艺术作品典型化处理的最理想的诠释。在恩格斯看来，现实主义需要"再现典型环境下的典型人物"[①]。而对于"典型化"的定义，朱立元认为"典型化是一个以少总多、以形写神，通过个别表现一般的过程。在这个过程中，概括化和个别化交织在一起，相互作用，相互渗透，最后以个性化的形式来显示出普遍性的意蕴"[②]。

传统现实主义将表征现实奉为圭臬，注重在典型环境下塑造典型的人物形象，因此能否塑造典型的人物形象成为小说成败的关键。阿卜杜胡·哈勒继承了传统现实主义对于人物形象典型化处理的创作理念，在塑造人物形象时，从沙特社会现实出发，成功塑造了伪善和暴虐的统治阶层、浑浑噩噩的小人物、卑躬屈膝的知识阶层和处于失语状态的阿拉伯女性形象，在哈勒看来，"小说中你是一个与 20 或 30 或 100 个人物相关的人物，作为作家，我必须要明白，人物不能脱离现实，他与现实的

---

① 《马克思恩格斯选集》第 4 卷，人民出版社，1972，第 462 页。
② 朱立元：《新时期以来文学理论和批评发展概况的调查报告》，春风文艺出版社，2006，第64 页。

方方面面都有联系"①。因此哈勒所创作的小说人物首先就是源自于社会现实，是对社会现实进行典型化处理之后所呈现出来的具有典型化特征的人物形象，此外，哈勒的部分小说人物外在特征和内在特征兼具，真实可信，性格突出，具有较强的社会批判性，同时其他一些人物形象拥有着相对稳定的性格，可以被感知，但又有许多人物具有不确定性，令人难以捉摸，甚至趋向于符号化。

在哈勒看来，处于转型中的沙特社会，人们背负着政治、宗教和性压抑的三座大山，传统现实主义创作手法无力描绘沙特社会的混乱，也难以再现人们所经受的心理危机和精神求索。哈勒在继承了现实主义对于人物形象塑造手法的同时，融入现代主义和后现代主义对于人物形象塑造的理念，运用回忆、梦境、意识流等手法凸显小说人物心理历程，体现出人文主义关怀，更为真实地反映沙特普通人的生活状态。"现实主义小说的人物是逼真的、外在的、本质特征明显的、类型化的。在现代主义小说中，人物塑造更多的是以内心世界的描述为前提，小说人物是可以感知的、内省的、幻灭的。"②而哈勒成功塑造了内在特征和外在特征明显的典型人物形象，扭转了现实主义小说人物形象过于外在化的塑造手法，赋予了小说人物以思想和灵魂。

1. 人物形象的典型化和符号化处理

哈勒在塑造统治阶层和知识阶层时，秉持着现实主义对于小说人物典型化处理的基本原则，塑造了一个个性格突出的典型化人物，但是哈勒又刻意规避人物心理世界的描述，因而使小说人物失去了整体性和立体化，形象显得模糊，甚至变成一种符号象征。

在小说《天堂喷出的火焰》中，哈勒以20世纪七八十年代沙特社会转型为主要背景。在石油经济的刺激下，沙特经历了大规模的社会财富再分配和城市化建设。在这一社会转型期，一批拥有社会背景并掌握一

---

① 《哈勒与〈今日文化杂志〉访谈录》，http://www.alriyadh.com/531682。
② 佘军:《美国新现实主义小说中的人物概念和人物刻画》，《当代外国文学》2013年第2期。

定社会财富的人短期内集聚了大量的财富，跻身于超级富豪的行列。他们在吉达海岸圈占海岸，围海造陆，建立起许多奢华的宫殿。哈勒选取了这一时期吉达市的一个街区，构建了小说的典型化环境。哈勒不仅因为自己生活在吉达，熟悉吉达的历史变迁和社会风貌，而且这一典型化环境事实上也是沙特社会转型的一个缩影，小说中的每一个人物都与这一街区有着息息相关的联系。

在小说中，哈勒借助象征手法，成功塑造了一个外表乐善好施，内心凶残、暴虐、贪婪的宫殿主人的形象，讽刺统治阶层的虚伪和对普通民众的漠视。哈勒在塑造宫殿主人这一形象时，遵循了现实主义小说人物形象塑造的一贯手法，追求人物形象的逼真可信。哈勒借助主人公塔里克的口吻讲述宫殿主人的虚伪和专横跋扈，较为客观公正地塑造了宫殿主人的形象，给人留下深刻印象。

哈勒从小说的第二章就开始描述宫殿主人伪善的一面，"他的演讲词与新闻在一起，讽刺那些不顾公益事业的吝啬富人，希望他们加倍努力主动从事慈善事业，最后号召所有的富人都向穷人伸出援手，开启帮扶和志愿者事业"（天堂喷出的火焰：14）。媒体不断美化他的形象，将他塑造成天使下凡一般，给穷人们带来了希望，将他带有微笑的照片印在悬挂的横幅上，"他的微笑撕破坚硬的心，欺骗所有邪恶的想法……在报纸和杂志上他的每一张照片都留下友好善良的形象"（天堂喷出的火焰：14）。他还接济聚集在宫殿门口的穷人，给他们钱财，帮助他们渡过难关，宫殿主人做慈善的目的不在于帮助他人，而是因为他从施舍中得到了刺激和快乐，他无时无刻不在寻找刺激，一旦他对这一刺激不再敏感，聚集在门口的穷人将什么都得不到。同样，他给许多慈善机构捐款，致力于推动慈善事业的发展，只是为了博得上层人士和主流媒体对他的赞誉，满足他的虚荣心，同时借助这一天使般的形象击败竞争对手，从商业活动中获利。宣传横幅下面，贾马勒·巴德利正在修剪树枝，他取下了假肢休息，似乎证明了宫殿主人尚存一丝人性，雇佣像他一样大批的残疾人士在宫中工作，但是这些人的残疾大多是宫殿主人为了寻求刺激而造成的。

而在宫殿内部，他将宫殿打造成现代版奴隶制王国，他对宫中一切事务享有绝对权威，对宫中工作人员敲骨吸髓，任何反抗或质疑的声音都会遭受到严惩。塔里克入宫的第一天就见到宫殿主人惩罚一位泄露宫中秘密的人员。穆罕默德·路卡比尽管是宫殿中的老人，但是他当众谈论萨达姆受审事件，违反了宫中禁止谈论政治的禁忌，他当众被羞辱圈禁，郁郁而终。他要求宫中每一位工作人员都随时候命，人们疲于应对他的随心所欲的命令，于是在宫中高级职员中间兴起了一种秘密的"应召网络系统"，随时提醒宫中工作人员主人的动向。宫殿主人不断强化对工作人员的控制，设置专门的情报部门，监控他们每一个人的一举一动，塔里克虐待自己姑姑事情的败露正是因为他们安装监控设备的缘故。

哈勒在刻画知识分子阶层形象时，同样采用人物形象典型化处理的模式，塑造了一批奴颜婢膝的知识分子形象。尽管知识分子应该肩负着传播文化知识的使命，是社会发展的重要力量，不应畏惧强权，不应为"五斗米而折腰"，然而在哈勒的笔下，阿拉伯知识分子为了满足自己的私欲心悦诚服地拜倒在强权之下，他们以自己的学识为统治阶层服务。学术交流只不过是利益的交换，对于权力阶层而言，知识只是点缀社会的工具，是否获得博士学位，拥有渊博的知识，从来不是他们关心的议题，他们只关心权利、经济和财富。知识阶层无力凭借其渊博的学识而跨越阶级属性，成为权力阶层的一部分。

在《天堂喷出的火焰》中，哈立德·班楠博士为了获取金钱和地位，为宫殿主人鞍前马后，心甘情愿地让主人把脚踩在他的后背上。宫殿主人踩在脚下的不仅仅是作为个体的哈立德博士，更是像他一样的知识分子阶层，他们在强权面前自甘堕落，成为宫殿主人游戏人生的工具。哈立德博士是宫殿主人联系各大高校的纽带，他掌握着各个大学教授们的联系方式，他以自我的学识为权力阶层控制知识分子提供了便利。他非常清楚自我的处境，他不无讽刺地说："像散乱的纸牌一样，我们是死了的纸牌，宫殿主人或者形式上的打牌竞技者随意丢弃在地上，不看任何一张"（天堂喷出的火焰：42）。他参加各类学术交流活动的目的不是为了开拓视野，也不是为了与参会者交流思想，更不是因为他身份尊贵或知识渊博。由于他的文章水平很差，没有人认真拜读他的文章，所以他参加会议只是出于利益交换的考量：会议组织者需要邀请一些拥有重要头衔的人参加会议，提高会议的知名度和办会质量，而哈立德博士需要参加会议作报告，增加了其简历的含金量。

哈勒成功塑造了外表伪善，内心专制、贪婪、毒辣的宫殿主人，自甘堕落、善于经营学术人脉的哈立德博士，这些外在特征明显的人物形象给读者留下深刻的印象，但是这些人物缺乏内在性特征，读者却始终难以建构这些人物的完整的、立体化的形象。这是因为哈勒在塑造宫殿主人、知识分子等人物形象时，故意规避了对人物外貌特征的直接描述，而代之以评论性的话语，小说人物的话语也大多被故事的叙述者所传递的叙事性语言所替代，因此难以形成传统现实主义小说中完整的典型化的人物形象。同时哈勒在对这一人物的心理刻画时，既没有遵循现实主义小说对人物心理刻画的手法，也没有遵循现代主义小说大量运用内心独白、意识流的手法，而是形成小说人物心理描述的真空，从而深刻地展现了小说人物内心空虚、迷茫、泯灭人性的一面。因此，尽管小说人物具有典型化的性格特征，但是具体形象却变得模糊，人物心理也变得不可知，甚至人物形象蜕变成一种符号象征，需要读者参与人物形象的塑造。哈勒在塑造宫殿主人、知识分子等形象时，立足于现实主义人物形象塑造的原则，融入了部分后现代主义小说人物形象塑造的理念，从而使小说人物尽管不再"浑圆"、"饱满"，但是不再孤立于社会文本之外，而是更加具有社会指向性，增加了人物形象的内涵和现实厚度。

2. 人物形象内在特征和外在特征兼具性的处理

阿卜杜胡·哈勒始终秉持传统现实主义文学创作的理念，注重在典型环境下塑造典型的人物形象。但是哈勒在塑造小说主要人物时，往往吸收现代主义对于人物心理世界刻画的手法，通过回忆、梦境、内心独白和意识流的手法，再现小说人物繁杂的内心世界，从而塑造出外在特征和内在特征兼具的立体化人物，给人以强烈的真实感。

小说《"淫乱"》中，哈勒以阿富汗战争前后吉达阿萨德公墓附近的街区为社会背景，塑造了一个与公墓紧密联系在一起的街区环境。为了在小说中尽量营造好这一环境，哈勒常常一整天待在阿萨德公墓及其周边。哈勒不仅可以借此探讨他关于生和死的人生哲学，而且能够更好地观测到围绕公墓上演的各种人生闹剧，成为沙特中下层社会人生百态的缩影。

阿卜杜胡·哈勒来自沙特社会的中下层社会，与他们有着天然的联系，他能够深刻感悟到沙特中下层民众的疾苦和不幸，因此哈勒在小说中始终站在小人物的角度书写，为他们的利益呐喊。在小说《"淫乱"》中，守陵人沙菲克从小被塑造成死神的形象，他见证了父母的车祸、邻居孩子们的死亡，与守陵人纳尔姆叔叔相依为命长期居住在阿萨德陵园，很少有人愿意跟他玩耍，造就了他单纯、倔强、孤僻、渴望得到人们的爱的性格，沙菲克是沙特社会最底层的代表，他几乎被剥夺了所有做人的权力。叔叔过于内向的性格，使沙菲克没有机会表达自己的思想，也找不到可以倾诉的对象，他渴望得到他人的关爱，哪怕是具有功利性的。穆哈辛一家成为沙菲克的救命稻草，他跟自己的儿子常常让沙菲克推拿按摩，但是沙菲克却乐此不疲，因为只有在穆哈辛的家里，他才能够忘记自己的孤独，能够感受到来自嘉丽莱的一丝关爱。他与叔叔相依为命，渴望有自己的兄弟姐妹一起玩耍。叔叔谎称雨可以为沙菲克带来兄弟姐妹，于是沙菲克常常盼望下雨天，甚至把被大雨冲刷出来的死婴当做自己的弟弟。当嘉丽莱郁郁而终之后，他把她的尸首藏进冰箱，以慰藉他对嘉丽莱扭曲的爱情。

哈勒塑造了具有鲜明性格的守陵人的形象，同时以沙菲克与警官哈立德对峙为转折点，运用回忆、内心独白和意识流的手法，刻画了沙菲克的内心波动和复杂的心理世界。沙菲克由母亲的梦联想到父母要把他留在麦地那，他的意识流动按照以下顺序：

去麦加路上吃饼干 ➡ 期待下雨带来兄弟姐妹 ➡ 雨中发现死婴 ➡ 明白雨带不来孩子 ➡ 出陵园寻找玩伴 ➡ 被人讽刺白痴 ➡ 改名 ➡ 被人塑造成死神 ➡ 很少出门 ➡ 叔叔看电视未果 ➡ 去穆哈辛家玩 ➡ 穆哈辛一家人对他态度 ➡ 对嘉丽莱的爱慕

图 2

哈勒在描述沙菲克的意识流动时，与西方传统的意识流手法有着本质的差异，他的意识流总是在一定的逻辑思维支配之下。尽管中间出现了几次跳跃，但是总体上还是较为完整地追溯了沙菲克孤寂的一生，展现了他单纯、善良的性格，他从小缺乏爱的关怀，缺乏与人的交流和沟通，形成他残缺的人物性格，对死亡的淡漠也促使他想方设法将嘉丽莱的尸首保存下来，慰藉自己的孤独和那份不可能兑现的爱情。

警官哈立德是一个生性多疑、唯唯诺诺、缺乏主见的人，是典型的沙特中产阶级代表。在调查案件时多次负伤，但是在易卜拉欣局长的威逼下，他被迫接过了嘉丽莱从坟墓中逃走的案子。哈立德总是对局长的命令言听计从，没有自己的原则和道德底线。由于案件进展不顺，局长对他多次大发雷霆，他没有据理力争，而是选择沉默，并无条件接受领导的建议和要求，甚至在公墓挖掘数座坟墓引来公愤，潜入伊玛目马哈茂德家遭人围攻。他的好友法瓦兹将其描述成"断根的牺牲品"，因为在社会转型过程中，他尚未适应新的城市生活，对人生意义和价值缺乏独立的思考，他仅仅在考虑如何出色地完成局长交代的任务，却没有思考自己工作的意义和存在价值。除了妻子，没有人在意他的身心健康，而他却总是怀疑自己妻子出轨，每时每刻都生活在内心痛苦和焦虑当中。

在案件调查水落石出之时，哈立德以自己是案件第一负责人的身份阻止人们抢夺嘉丽莱的尸首，招致人们的拳打脚踢。在小说最后一章，哈勒用大量的笔墨描述了警官哈立德的幻觉和梦境：法院宣判沙菲克死刑、大嘉丽莱的尸首、小嘉丽莱的断臂、沙菲克的倒下、缺少胳膊的嘉丽莱等待情人。之后哈立德回到现实，看到救护车的到来。哈立德始终处于梦境和现实的不断交替当中。

阿卜杜胡·哈勒借助梦境和幻觉的描述，一方面使小说人物形象更加真实可信，另一方面更为深入地展现了警官哈立德的内心潜意识的流动，使哈立德的人物形象更加饱满。此外在警官哈立德回家捉奸时，也出现了大量的内心独白和意识流，这些心理活动的刻画，充分展现了哈立德生性多疑而又忠于爱情的人物性格。在此不再赘述。

小说《犬吠》则是以上世纪的海湾战争和本世纪初的也门民主会议为历史背景，选取了吉达的街区以及萨那和亚丁三个空间作为小说的场域，上演了在战争影响下的历史大剧，每个人都无法摆脱战争的阴霾，精神恐慌和焦虑、出卖肉体和尊严、失去理想和生命。小说人物在这三个空间辗转迁徙，成为国家政治决策的牺牲品，见证了近 10 年阿拉伯的社会动荡和历史变迁。

主人公"我"是一个庸庸碌碌的爱慕虚荣的报社记者，但他对爱情有着天然的执着，拥有一片赤城的爱国之心，属于沙特社会的中产阶级。"我"每天庸庸碌碌地忙于报社的工作，却没有自己的信念和理想。报社主编要求"我"参加在也门举行的民主会议，"我"的第一反应就是可以借此机会寻找情人娃法。而当"我"快到萨那的时候，"我"故意告诉身边的人我是一个受也门政府邀请的贵宾，必须走 VIP 通道，以满足自己的虚荣心。在埃及记者发鲁斯夫妇贬斥沙特政府没有民主的时候，"我"表现出强烈的爱国情操，以摆事实讲道理，甚至是谩骂的形式来捍卫祖国的尊严。"我"借各种理由寻找娃法，不惜劳师动众，只是为了满足自己内心对爱情的执着。哈勒通过对这些故事情节的描述，刻画了具有典型化特征的"我"，小说人物跃然于纸上。同时哈勒借助与"我"的回忆和意识流展现了小说人物历经 10 年复杂的心理变迁。

故事的叙述者首先讲述了"我"来到机场大厅，联想到应该给孩子们买礼品，由此思维开始发散，想到了"我"对娃法的爱情，想到了也门撤侨，然后回到现实当中，与其他旅客一起办理登记手续，当看到外国女人露出的性感部位，思绪再次回到了 10 年前，"我"想到偷看娃法刚刚隆起的胸部，并阻止其他街区男孩偷看她的屁股，又想到了陶菲克·阿卜杜拉想要迎娶娃法,又联想到他发战争财,之后思绪再次回到娃法的屁股,最后被乘坐的机场摆渡车打断了思绪。在主人公"我"一系列意识流动中,"我"的意识流动始终被十年后坐飞机赴也门参加民主会议这一事件所牵引,不断穿梭于过去和当下。哈勒塑造了一个真实的、富有情感的、有血有肉的人物形象,展现我对爱情的执着,因为娃法随着也门撤侨队伍回国已逾十年,但是"我"对她炙热的爱情仍然在熊熊燃烧,形象地展现了主人公对爱情的执着。

因此哈勒在沿用现实主义塑造典型人物形象的叙事笔法的同时,在作品中同样不乏一些现代主义和后现代主义元素。哈勒通过梦境、回忆、内心独白和意识流等手法的运用,力图发掘小说人物的内心世界,使小说人物同时兼备外在行为和心理行为,呈现出较强的立体感。

3.小说人物与现实人物直接相关

哈勒在塑造小说人物形象的时候,还注重发掘小说人物与现实人物、小说人物与其他文献人物之间的联系,在小说人物与其他人物之间形成互文性,进一步增强了小说人物的真实性和可信度。哈勒的许多作品中出现的人物都与现实中人物姓名一致,"(在小说中记录现实中的人名)可能被接受,也可能不被接受,当我(哈勒)大胆使用这些名字的时候,试图扩大名字的被接受程度,在可表达的情况下使其本地化"[①]。对现实人物的戏仿和虚构也使许多人刊文对其作品真实性质疑,但是他们却忘却了小说是对现实生活的艺术化处理。哈勒对现实人物的戏仿和对虚构人物的现实化处理,使小说虚构人物与现实人物、历史与当下杂糅,使小说人物更加真实,使读者游离于文本与现实之间,给读者留下回味和反思的空间,增强文本的张力,使小说更具可信度和说服力。

在《天堂喷出的火焰》中,小说主人公尔萨本是一个不学无识的街区小流氓,他为人慷慨大方,有着阿拉伯古代沙漠游侠的气概,入宫之后,凭借他对宫殿主人的救命之恩而飞黄腾达,小区中许多人被他引荐

---

① 塔米·萨米利:《沙特小说:对话与问题》,卡法哈出版社,2009,第259页。

入宫，由于他与主人妹妹冒达的婚姻触动了主人的底线，宫殿主人利用股市崩盘使尔萨一贫如洗，精神错乱，常常在银行和宾馆前赤身裸体，胡言乱语。在小说最后，哈勒援引了许多家报纸对股市崩盘后人们精神失常的描述：

> 股市崩盘的遇难者：疯了之后裸奔。
>
> ——《和谐报》第 29462 期
>
> 随着股市大崩盘，交易大厅出现晕厥事件。
>
> ——《清晨报》第 23432 期
>
> 国民们呐喊：股市崩盘的原因何在，没有答案。
>
> ——《大海报》第 65454 期
>
> 警察抓住一个大街裸露身体的人：
>
> 股市遇难者再度出现
>
> ——约瑟夫·欧麦尔 吉达（天堂喷出的火焰：391~392）

哈勒借助这些报纸的报道与小说人物尔萨形成相互印证的关系，使这一小说人物变得更加真实可信，同时触动人们内心痛苦的回忆，增加了小说人物的感染力。

在《犬吠》中，哈勒营造了也门前总统阿卜杜拉·萨利赫举行新兴国家民主会议的情景，会议漫长而无聊，尽管萨利赫对各国总统在演讲时候的啰嗦无法忍受，坐立不安，但是作为会议举办方，他还是被迫假装认真听，而大屏幕上出现哪位总统的形象，哪位就赶紧假装认真听，大家始终都板着面孔，会议气氛无聊而压抑，最后是希拉里·克林顿视频讲话，她笑容可掬地阐述美国的民主和对阿拉伯妇女的观点，给人留下和蔼可亲的形象。哈勒在描述民主会议上各位领袖的形象时，虽然着墨不多，但是清晰地勾勒出了阿拉伯领导人和美国总统候选人的形象。哈勒将真实和虚构结合，令读者不禁怀疑小说本事的虚构性，使小说人物形象更加突出，易于被人们所感知，尽管不够丰满，但却十分典型。

人物形象的典型化处理增强了小说文本真实性、可信度，对现实人物的戏仿增强了小说文本的讽刺意味，激发读者对于阿拉伯民主的再思考。

第三节　哈勒小说叙事空间的建构

20 世纪末的西方学术界经历了明显的"空间转向"，学者们开始关注一直被人们忽略的文学"空间性"的问题，在此之前，空间一直被人们看作是时间的附庸，是一种"寂静的、稳固的、非辩证的、静止的东西"[①]，而时间却被赋予更多的生命和活力，成为叙事作品和叙事评论研究的焦点。

列斐伏尔在《空间的生产》中首次提出了"社会空间"的概念，将社会空间看作是一种社会生产，因为空间不仅仅是人们社会生产的场域，承载着各种社会关系，而且参与社会关系的生产。他将空间区分为物理空间、心理空间和社会空间等三个方面，并认为社会空间起决定性作用。列斐伏尔的社会空间观点被米歇尔·福柯所继承，他从政治和权力角度分析空间的社会性。

继列斐伏尔和福柯之后，20 世纪末西方评论界开始空间批评研究。巴赫金在《小说中的时间和空间体形式》一文中提出"空间体"的概念，探讨了真实历史空间和人物与小说虚构历史空间和人物之间的关联。约瑟夫·弗兰克、梅洛·庞蒂、巴什拉、爱德华·苏贾等人也就叙事空间理论提出自己的见解。同时空间的理念在小说家那里也得到了认可和发扬，特别是现代主义和后现代主义作家成为践行这一新文学理念的先锋，他们将以往对于时间和历史的关注转移到对空间的重视上来，故事情节不再按照事件先后顺序发展，而是在同一时间上不同空间同时延展，在

---

① Julian Wolfreys, Introducing Criticism at the 21st Century, Edinburgh University Press, 2202:179.

不同空间内交叉切换。龙迪勇在《论现代小说的空间叙事》一文中指出："很多现代小说家对空间发生了浓厚的兴趣，他们不仅仅把空间看作故事发生的地点和叙事必不可少的场景，而是利用空间来表现时间，利用空间来安排小说的结构，甚至利用空间来推动整个叙事进程。"①

阿卜杜胡·哈勒在小说创作中，也沿袭了空间批评理论的基本观点。哈勒的叙述空间不再囿于传统现实主义的空间理念，忽略空间在小说结构、人物和故事情节中的作用，小说文本的建构不再基于线性时间，而是更加注重小说文本空间的构建，将地志空间并置和对比，凸显小说人物所处的空间环境的差异。地志空间的差异对小说人物的心理空间和社会空间的建构产生了一定影响。总体而言，空间叙事对于小说故事情节的推进、人物形象的塑造，甚至叙事主题的烘托都起到了一定的作用。

1. 地志空间

地志空间，亦或者如列斐伏尔在《空间的生产》中提出的物理空间，主要是指自然的实体空间，是我们传统意义上所指代的空间。地志空间是心理空间和社会空间建构的基础，深刻影响着心理空间和社会空间的格局，而心理空间和社会空间的改变进一步左右着地志空间的变迁，在小说中，这三个空间的建构都依赖于文本空间的架构，成为空间建构的前提。

在小说《天堂喷出的火焰》中，哈勒将宫殿和坑区进行空间并置和比较，极力渲染宫殿的奢华、宏伟和富足与坑区的杂乱、肮脏和贫穷，形成了街区居民口中的天堂和地狱的巨大差异，因此宫殿的建立无疑改变了街区的地志空间，进一步造成心理空间和社会空间的裂变。

宫殿被人们称作"天堂"，巍峨地耸立在街道的西侧，地下的玻璃墙可以欣赏海底的美景，宫殿的塔尖高耸入云，可以领略整个吉达的全貌，人们从任何角度都能看到宫殿的身影，它由无数的白色大理石建造，里面布满了无数的灯光，在灯光的映衬下金碧辉煌，数灯便成了以塔里克

---

① 龙迪勇：《论现代小说的空间叙事》，《江西社会科学》2003 年第 10 期。

为代表的街区孩子们儿时的乐趣。

而街道东侧的街区被称作"坑区"、"航海区"、"底狱区"、"火狱区"，这是一个静谧的吉达小渔村，街区的生活极度贫穷，道路常年积水泥泞，突如其来的一场鸡瘟令小区充满呛人的恶臭，宫殿的修建占据了渔民出海打渔的出海口，挡住了清凉的海风，也挡住了人们的视野，"宫殿的影子挡住了小城的门户，徐徐的海风不能吹拂到我们这里，我们家和其他家的房子空气凝滞，令人烦躁不安……长期待在水里让人感觉像神话中的生物，出生在海里，而陆地变成了坟墓"（天堂喷出的火焰：50）。渔民被迫放弃打渔职业，依靠出卖体力挣得微博的工资，宫殿的修建彻底打破了街区人们古老的生活模式和生活状态。

地志空间的对比造成人们心理严重扭曲，每个人都梦想有朝一日能够摆脱他们所生活的地狱般的街区，进入天堂般的宫殿，改变自己的人生和命运，"位于西侧的是宫殿，宫殿巍峨的大门迅速自动开启和关闭，生怕地狱中的火焰流进它广阔的空间，对另一侧被抛弃的不幸的人们关闭了大门，赤贫撕碎了街区人们的身体和灵魂，人们希望在天堂里寻找一席之地。就这样，贫穷的苔藓在生长，这个干瘪的街区越发贫穷，人们渴望到对面去，缓解生活的压力、良心的压力和道德的压力"（天堂喷出的火焰：38）。当宫殿建立的那一刻起，街区人们的命运就已经自觉或不自觉地发生了改变，宫殿打破了人们传统的打渔生活，他们不得不改变自我的生活模式，陷入更加贫穷的生活，巨大的经济反差促使人们迫切需要改变自己贫穷的生活状态，入宫变成了人们改变命运的捷径。

然而进入宫殿的人却发现，宫殿的确改变了他们的人生轨迹，他们当中许多人过上了天堂般富足的物质生活，却以牺牲自己的精神生活为代价，等待他们的必然是灵魂的泯灭，他们从物质的穷人变成精神的穷人。

从本质上讲，哈勒将宫殿和坑区、天堂和地狱进行对比和并置，实际上是将20世纪70年代经济腾飞前的沙特和经济腾飞后的沙特进行对比，70年代之前的沙特经济以农牧业、渔业为主，大多数人过着传统贝都因式游牧生活，衣食没有保证，但是人们的精神生活是富足的，70年代沙特宣布将阿美石油公司国有化，沙特政府开始掌控大量的石油财富，一座座城市耸立起来，仅仅经过了10年的发展，沙特就迅速实现了城市化和现代化。在巨大的经济利益面前，人们的思想产生巨大的动荡，出现了《犬吠》中所谓的"文化断根"现象，尽管许多沙特人向往过去简单、枯燥和贫穷的生活，对现存的城市化心存芥蒂，将城市妖魔化成腐败的摇篮，然而城市化的潮流是人们无法阻挡的，另一批人在城市化过程中不择手段实现自我物质利益，正如小说中主人公塔里克、乌萨马和尔萨一样，他们为了金钱出卖自我的身体、道德和灵魂，他们最终走向灵魂的死亡。在小说的最后，作者反复陈述小说各个人物的忏悔，借此表明沙特迅速城市化的10年是经济腾飞的10年，但更是许多人道德沦丧的10年，哈勒借助宫殿和坑区等空间意象对沙特城市化过程进行反思，号召人性和道德的回归。

哈勒在小说中构建的另一个具有明显象征意义的空间就是情人窗下，这在作者的大多数作品中都有所体现，《天堂喷出的火焰》中泰哈尼窗户下的塔里克，《犬吠》中娃法窗户下的"我"，《"淫乱"》中嘉丽莱窗户下的马哈茂德，作者通过不断重复描述的手法强调窗户成为阻断青年男女交流的屏障，也成为他们彼此沟通的最后一个门户。窗户不仅仅是隔断青年男女交流的物理屏障，更是代表了沙特传统的贝都因文化，以及被曲解的伊斯兰教义，似乎在沙特人看来，女性是邪恶的，是诱惑男性犯罪的源泉，只有将女性圈禁在家庭的围墙当中才能保证社会风气的净化，沙特政府多次否决女性单独开车的提案本身就是对这一现象的有力印证。

青年男女被人为的分隔在两个世界，他们无法通过正常的渠道表达自己的情感，只能付诸非法的方式，造成一系列的社会问题：男女同性恋、性侵儿童、强奸、婚外情，而且这些问题呈现井喷式地发展。2013年中国的即时通信软件微信进驻沙特市场无疑打破了这一绝对的空间隔离，但是2016年沙特政府又禁止了微信等一批即时聊天工具的语音聊天功能。从本质上将，男女之间的正常交流并非洪水猛兽，而是一股无法改变的潮流，单纯借助截堵的方式只会暂时解决表面问题，无法从根本上解决问题的核心，正如窗下情人一样，尽管窗户可以一时阻断像塔里克、马哈茂德和"我"这样的年轻人进入女孩们的闺房，然而却阻断不了情人们彼此思念的心，塔里克趁着街区断电潜入泰哈尼的卧室，无意中夺走了她的贞洁，筑建了她的死亡坟墓①，这是男女之间非正常交流必然出现的悲剧，而只有正常的疏导才能从根本上解决这一社会问题。

同时，对于青年男女而言，情人的窗户俨然变成了他们爱情的见证，象征着他们纯洁炽热的爱情。娃法跟随父亲离开沙特回到了也门，"每次经过她的窗下我都很伤心，我多么希望我父亲能买下她的房子，而不是变成卖淫和空盒子的聚集地"（犬吠：106）。但是马哈茂德却没有忍受从窗户观望自己的情人，"他不想总是从装有铁窗棱的窗户看她，他约她到外面相会。约会那天，她兴奋地坐在他身边"（"淫乱"：76），然而等待他们两人的确是被劝善戒恶委员会抓住，也断送了两位年轻人的幸福，宣判了他们的精神"死刑"——嘉丽莱郁郁而终，马哈茂德战死沙场。而塔里克趁夜色夺走泰哈尼的贞洁，她至死都没有说出塔里克的名字。

这种空间意象叙事手法的运用营造了小说的叙事框架，使小说的叙事结构不再按照线性时间延展，解构了传统现实主义叙事结构，使叙事空间形成多方位立体化架构，对于刻画小说人物和表现叙事主题起到了一定的促进作用，相比传统的现实主义手法，空间叙事展现了后现代语境下另一种更为真实的真实。

2.心理空间

列斐伏尔在《空间的生产》中对心理空间进行了定义，主要指空间的话语建构，通过沟通打破各自的封闭性。尽管福柯对空间叙事的研究成果多散落在他的作品当中，但是他基于话语权力理论，建构性地提出空间的权力性和社会性特征。他指出空间是一种通过权力建构的人为空间，是权力机构控制民众的一种方式。在权力社会中，每个人都生活在

---

① 在沙特等保守的国家，女孩一旦失去贞洁，往往会被执行"荣誉处决"。

一个巨大的、封闭的、复杂的等级结构中，人们因此而长时间被操纵和监控。①福柯的空间权力理论是对列斐伏尔空间理论的继承和发展，他将心理空间视为一张巨大的话语权力网，个体始终处于权力机构的话语体系下，自觉或不自觉地接纳这一体系，并内化为心理行为的一部分，始终受到来自这一话语体系的操控。

在小说《天堂喷出的火焰》中，巍峨的宫殿被塑造成一个独立的、封闭的话语体系，宫殿当中的一切事务都是宫殿主人个人意志的体现，他掌控着宫殿当中的话语权，任何人都不能有丝毫的违拗，否则就会招致他无情地惩罚，主人公塔里克入宫的第一天就见证了一个因泄露宫殿内部秘密而受到惩罚的人。在这一体系下，宫殿主人拥有了绝对话语，成为绝对权力中心。他可以朝令夕改，随意操着脏话，责骂任何人，惩罚任何人，没有人敢反抗，宫中只有一个人的声音——宫殿主人的声音，其他人要么选择死亡，要么选择沉默，离开宫殿几乎变成了不可能。由于宫殿主人随心所欲和寻求刺激，他将许多权利服务阶层的人折磨致残，他们只能留在宫中继续为主人服务，一旦离开宫殿，这些人将失去更多。

在常常举办的宫中舞会上，每一个跳舞助兴的女孩都像是商品一样被陈列在舞池，宫殿主人和其他地方权贵富豪们一起选择自己中意的女孩，他们甚至通过抽签的方式寻求刺激，那些权贵富豪们选择女孩往往是背着主人在私下进行，而塔里克则成为这一交易的中间人，因为他们都惧怕自己的行为会惹怒宫殿主人。而那些跳舞助兴的女孩们，她们在这一过程中只有被选择的权利，她们唯一可以选择的就是获得金钱。

而其他人员没有权利表达自我思想和意志，甚至不能控制自己的身体和行为。塔里克专门负责通过鸡奸的方式打败宫殿主人的竞争对手，为了保证塔里克出色地完成任务，宫殿主人禁止他接触女人的身体，他失去了自我性权力。为了能更加控制权力服务阶层，宫殿主人禁止宫中人员自由外出，塔里克以照顾年迈的姑姑为由，在多次央求下最终能够

---

① 吴庆军:《当代空间批评评析》,《世界文学评论》2007 年第 2 期。

住在宫殿之外，在失去 30 多年的人身自由之后重获自由，然而这种人身自由的权利仍然处于宫殿主人的严密监控之下。宫殿主人所构建的庞大监控体系，监控宫殿内每一个人的行为，哪怕是他的妹妹冒达也处于他的监控体系之下。

在宫殿主人构建的绝对话语体系下，每个人都处于高度精神紧张和焦虑的状态，他们担心自己因为行为不慎而招致主人的谩骂和惩罚，为了获得财富，他们只能屈从于绝对权力，造成他们心里空间严重扭曲和变异。宫殿主人通过宫殿地志空间建立了一整天话语和权力体系，任何进入这一体系的人都必须服从于内部权力和话语的支配。而这一话语体系直接或间接干预到人的社会心理，影响着人的心理空间的建构。正如列斐伏尔所直戳的，"空间是由人类活动生产出来的……是一种开放的、矛盾的、冲突的动态过程，人们的干预是心理活动的直接动因"[1]。

与宫殿主人构建的以宫殿为代表的地志空间相似的是以街区为代表的空间，一贫一富，从不同侧面影响着人们的社会心理。在小说《犬吠》中，以易卜拉欣为代表的圣战者所构建的话语体系也同样左右着人们心理空间的建构。易卜拉欣参加阿富汗反抗苏联的圣战战争，以战斗英雄的形象返回沙特本土。易卜拉欣的圣战行为深刻地影响到街区人们的心理，人们以能够参加阿富汗圣战为荣。"我想要见到他，因为他成为街头巷尾谈论的对象，我感到他在娃法的心中就像是一位常胜将军，女人们都盯着他，他从阿富汗战场回来，带回来《一千零一夜》式的故事，他享有烈士和行善者的荣耀"（犬吠：31）。在街区人们心理空间中，易卜拉欣无疑是民族英雄，他的英雄主义行为以神话的方式得到了普通民众的认可和支持，一时间成为街区人们效仿的榜样。"我"像往常一样半夜潜入娃法的窗户下，但是娃法却没有像以往一样表露过多的思念，而是训斥我说："你没有看到你跟易卜拉欣的区别吗？你潜入黑夜来找我，而

---

[1]　朱利安·沃尔弗雷斯：《21 世纪批评述介》，张琼、张冲译，南京大学出版社，2009，第245 页。

易卜拉欣（吉哈德战士）潜入黑夜去杀真主的敌人"（犬吠：31）。在一个未成年的女孩心中，易卜拉欣成为英雄的化身，他与其他圣战者一起在沙特普通民众心中构建起英雄主义心理认知，引导着一定社会空间内人们的心理空间。

随着大批的圣战者返回沙特，他们开始从新的视角重新看待国家政权，这无疑给沙特政府带来了巨大的执政压力和威胁，于是以易卜拉欣为代表的圣战者被褪去了英雄的光环，变成了所谓的恐怖分子，要么被秘密羁押审查，要么被迫逃离了沙特继续圣战。在新的话语体系下，圣战者原本构建的话语体系在国家话语体系下不堪一击，人们的心理空间随之发生改变。尽管许多人对圣战者仍崇敬有加，但是更多的人选择远离圣战者。小说《"淫乱"》中，马哈茂德因为赴阿富汗参加圣战，其家人受到政府谍报人员的监控。他的一个弟弟修剪了胡须，主动远离哥哥的圈子，投身于银行业，彻底跟圣战者划清了界限。"在项目中他不愿意提及自己的姓氏，以免与哥哥有任何瓜葛"（"淫乱"：150）。但是圣战者所构建的心理空间并非一朝一夕可以改变，许多人仍坚信自己原有的信念和价值观，马哈茂德的弟弟"为家庭偏离正道而伤心不已，他常去清真寺，抓破脑袋也不理解为什么人们不信真主和使者，当他聚精会神思考非穆斯林国家人的想法时，他常常为此而摔倒。他常常思考在国内外从事吉哈德运动的办法"（"淫乱"：150）。

宫殿主人以其所建造的金碧辉煌的宫殿，构建了一个庞大的极度富足的地志空间，其内在的话语体系决定着每一个人都必须服务于金钱，无论是否愿意，他们都必须接受来自地志空间的规约，并内化为自我心理认同和内在准则；而在吉哈德战士易卜拉欣所构建的街区宗教环境，尽管物质上极度贫乏，但是却给街区的人们心理带来了内心的满足和宗教使命感，但是这一空间仍隶属于国家这一更大的地志空间，一旦与国家地志空间话语体系相背离，街区地志空间内在话语体系则迅速解体，为主流话语体系所替代，随之而来的则是人们心理空间的重新建构。因此，地志空间往往以其内在的稳定的话语和权力影响着心理空间的建构，而较大的地志空间往往占据绝对优势，一旦心理空间趋于稳定就保证了地志空间内在话语体系的稳定性，呈现出一种双向的互动关系。

3. 社会空间

列斐伏尔在《空间的生产》中首次提出了"社会空间"的概念，并将社会空间进一步区分为"空间的实践"、"空间的表征"和"表征的空间"三部分。空间的实践主要指人们的日常生活。而空间的表征指构想的空间，它与社会关系相关，"是科学家、设计师、城市学家、各种政治技术专家、社会工程师们的空间，是艺术精神与科学思想相结合的特定类型的空间，所有这些专家都把现实存在与感知的内容设想为构想的空间"①。表征空间是"体现个体经验的空间，包括组成这一空间所有的符号、意象、形式和象征等"②。在他看来，"社会空间不仅仅是一个事物，一种产品，它不仅包含了生产出来的事物，也包含了事物之间的相互关系"③。因此，空间作为社会关系的载体，必然体现特定空间下人与人之间的社会关系。

在小说《天堂喷出的火焰中》，宫殿主人构建了一个封闭的、完整的话语体系，影响着宫殿内部人们心理空间。宫殿内部社会被人为分割为权力阶层和权力服务阶层，宫殿主人及其家属自然成为宫殿内部的权力阶层，他们享受着来自全力服务阶层的服务，尽管权力服务阶层对来自权力阶层的压力心生不快，但是为了金钱和利益，摆脱极度的贫穷和落后，他们只能对权力阶层俯首帖耳，甚至畏于权力阶层的淫威，而从心理上认同这一体系，他们最大的反抗只不过是像塔里克一样每晚做梦"以不同的方式杀死主人"，却从没有任何实质性的反抗。权力服务阶层的上层人士，如尔萨，他是作为连接权力阶层和全力服务阶层的纽带，在宫殿主人构建的话语权力体系中拥有一定的发言权，但是他并没有代

---

① 转引自蔡晓惠《空间理论与文学批评的空间转向》，《石河子大学学报》2014 年第 4 期。

② 转引自蔡晓惠《空间理论与文学批评的空间转向》，《石河子大学学报》2014 年第 4 期。

③ 陆扬:《社会空间的生产——析列斐伏尔〈空间的生产〉》，《甘肃社会科学》2008 年第 5 期。

表下层权力服务阶层的利益，而是代表权力阶层在发声，他从心理认知上层面确认自己的上层阶级归属，但是有意无意地却忽略了自己来自社会底层的身份事实。尔萨为了弥补自己与冒达之间巨大的阶级差异，他们幻想着通过知识来弥补自己的先天性阶级缺陷，奢望通过博士学位能够跨越阶级差异，最终实现与冒达的联姻。但是事实上尔萨费劲千辛万苦获得的博士学位在宫殿主人那里形同废纸，他只不过是宫殿主人豢养的一条走狗而已。一旦他触及宫殿主人的底线，就会被权力阶层无情抛弃，哪怕他是宫殿主人的救命恩人。

宫殿里的每一个人都希望自己跻身于上层权力阶层，或者像尔萨一样进入权力服务阶层的上层，但是他们都无法改变自己原有的阶级归属，他们为之付出的努力无法从根本上动摇地志空间内部原有的上层建筑。来自下层的人一旦触及权力阶层的核心利益时，他们将被无情地抛弃，因为权力阶层不愿意改变基于原有地志空间的权力分配版图。

小说《犬吠》中描述了海湾战争时期的吉达，战争的梦魇每时每刻都给人们带来了焦虑和恐慌，在吉达这个地志空间内上演着阶级分化的剧幕。萨达姆计划使用化学武器的消息令吉达所有人失去了安全感，人们开始想尽一切办法来抵抗化学武器的破坏，于是廉价的胶带成为人们不错的选择，而有钱人则更多地选择购买防化服。吉达社会人人自危，商人们却借此大发战争财，聚敛大量财富。人们对萨达姆的厌恶转变成对商人陶菲克的鄙视。吉达社会经历着明显的阶层分化，普通民众购买大量的胶带，生活日益拮据，而商人借助战争发财，日益富有，贫富差距拉大，阶级矛盾逐渐激化，而海湾战争则成为吉达社会阶层分化的主要诱因。

在小说《"淫乱"》中，故事的剧情始终围绕着坟墓、死亡和嘉丽莱的出逃展开，坟墓变成了人与人之间、人与死人之间斗争最后场域。在哈勒看来，"坟墓事实上就是丑化的虚假生活"①。故事叙述者哈立德的母亲

---

① 塔米·萨米利：《沙特小说：对话与问题》，卡法哈出版社，2009，第253页。

去世，为了尽快安葬母亲，或者说摆脱母亲尸体的羁绊，他与阿萨德公墓的守陵人奥斯曼结下仇怨，他打算借嘉丽莱从坟墓出逃的案件整治这个守陵人，却不想他已经过世。守陵人莎菲克想方设法从死者及其家属身上获得更多地财富，家属给守陵人的劳务费多寡决定了死者坟头的绿化情况，但是无论死者生前身份显贵与否，他都能从死者的残骨上找到金子，变卖金钱，坟墓俨然成了沙菲克的摇钱树。嘉丽莱被怀疑诈死从坟墓中逃走，警官为了尽快破案，不惜在公墓挖坟掘尸，甚至惹来众怒，但仍一无所获。嘉丽莱潜逃的传言令其家人羞于出门，也给街区嫉妒她美貌的女人们以丑化她的借口，人们纷纷编造各种谣言将嘉丽莱塑造成"淫乱"的形象，圣战者马哈茂德也因此前与嘉丽莱的爱情而受到警察的监控和传唤。坟墓变成了人与人之间、活人与死人之间的斗争场域，反映了现实社会的矛盾和错综复杂，哪怕是埋葬死者之所，也难以摆脱人与人之间的斗争和尔虞我诈，成为部分人聚敛财富的手段。

此外，社会空间不仅体现人与人之间的社会关系，还承载着不同文化之间的矛盾和交融。在小说《天堂喷出的火焰》中，在宫殿建立之前，吉达的海岸是渔民们谋生的来源，人们的生活尽管十分贫穷但却内心富足。大海调节着坑区的气候，驱除炎炎夏日给街区带来的暑意，成为街区孩子们游戏娱乐的天堂。宫殿建立之后，大海很快变成了权贵和富豪们的私产，大海被他们圈禁起来，而且渔民们祖祖辈辈传下来的部分财产也在这次财富再分配过程中被洗劫，面对他们的强权，渔民们无力抗争，只能默默承受。大海在被圈禁之前实际上象征着沙特传统的渔业和游牧业文明，而圈禁之后则变成了现代城市文明和工业文明，人们对于圈禁大海的不满反映了两种文明的冲突和对抗，传统的农业文明在这场斗争当中明显处于劣势，最终被现代城市文明和工业文明所替代。作为普通民众而言，他们的心理空间不仅经历着两种不同文明的对立和冲突，呈现出明显的"文化断根"现象，而且需要忍受城市化对他们利益和财富的侵占，他们成为这场文明冲突的牺牲品。

第四节　象征手法：拓展文本的空间和张力

　　象征是文学作品中常用的一种艺术手法，作者利用象征之物与被象征之物之间的直接或者间接的相似性，引发读者由此及彼的联想。一般而言，象征主要用一些具体的形象来表达一些意味深远的抽象概念，让读者去体味，从而获得美感。

　　"象征"一词最早出现在古希腊语当中，是作为信物而存在的，表明两件信物之间彼此联系，这是象征的基本含义。象征是一个动态的概念，在不同的历史时期，被赋予了不同的内涵。古希腊时期具有机械辩证法的思想，而中世纪则被赋予宗教内涵，18~19 世纪逐渐被浪漫主义和象征主义所囊括，进入诗学领域，而 20 世纪则定性为一种人类的生活方式，跨进多学科领域。

　　黑格尔较为系统地阐述了象征的的定义，在他看来，"象征一般是直接呈现于感想关照的一种现成的外在事物，对这种外在事物并不直接就它本身看，而是就它所暗示的一种较为广泛较普遍的意义来看。因此，我们在象征里应该分出两个因素，首先是意义，其次是这意义的表现。意义就是一种观念和对象，不管它的内容是什么，表现是一种感情存在或一种形象"①。黑格尔区分了象征的两个层面，这两个层面一旦失去艺术化抽象处理，也就不再具有象征的功能。在韦勒克看来，象征应该是"甲事物暗示乙事物，但甲事物本身作为一种表现手段，也要求给与充分的注意。"②而《辞海》对于象征的定义为："通过一个特定的具体形象来暗示另一事物或某种较为普遍的意义，利用象征物与被象征的内容在特定经验条件下的类似和联系，使后者得到具体直观的表现。"③尽管学者们对

---

① 黑格尔：《美学》第 2 卷，朱光潜译，商务印书馆，1979，第 10 页。
② 韦勒克、沃伦：《文学理论》，三联书店，1984，第 203 页。
③ 《辞海》，上海辞书出版社，1999，第 569 页。

于象征的定义侧重有所差异，但是对其基本内涵的定义颇为相似，而象征对于文学作品艺术化的呈现具有十分重要的意义，它对于深化叙事作品的主题、刻画小说人物、拓展小说的文本空间都起到了重要作用。

在阿卜杜胡·哈勒看来："我绝不会通过敏感话题刺激读者……它是现实主义的象征，而非超现实主义或西方主义……吸引读者的思维，将其带进小说世界。"①哈勒延续了现实主义文学创作的基本手法，但基于社会现实的考虑，巧妙运用小说人物形象、标题和空间的象征性，拓宽了小说的空间和寓意，给读者带来了极大的想象空间，增强了文本的可读性。萨马希尔评价哈勒的现实主义时指出："很明显哈勒通过他的叙述道出了底层边缘化人物在与待强权斗争中的心声，体现在经济、宗教、政治和社会方面，有时候具有高度的象征性，在接下来部分作品中现实主义达到极致。"②

1. 小说人物的象征性

伊斯兰教的经典——《古兰经》中提到的有名字的先知共 25 位，其中五位备受穆斯林的推崇，分别是努哈、易卜拉欣、穆萨、尔萨和穆罕默德，而尔萨就是基督教的先知耶稣，他救死扶伤，希望挽救人们走出苦难。但小说《天堂喷出的火焰》中，尔萨这个名字却被赋予给一个混世魔王，尽管他被自己从小生活的街区所抛弃，但是在机缘巧合下结识了宫殿老主人一家人，他成为连接宫殿和街区的桥梁，承担起了"安拉使者"的使命，在街区居民看来，宫殿代表着美好的生活，而街区则代表着地狱，他们羡慕天堂而厌恶地狱，这时候尔萨肩负起引领人们走进心目中"天堂"的历史使命，但是事实上，人们所向往的天堂实则是一个吐出"宫殿般火焰"的地狱，灼烧一切靠近它的人们。宫殿无疑象征着 20 世纪 70 年代经济腾飞后沙特，而街区则象征着经济腾飞前的沙特社会，人们像飞蛾扑火一样奋力飞向宫殿，却发现自己在实现理想过程

---

① 《哈勒与〈麦加报〉访谈录访谈录》，http://makkahnewspaper.com/article/122882/Makkah。

② 萨马希尔·达敏：《阿卜杜胡·哈勒的小说——一个对边际人开放的世界》，《格菲莱杂志》2011 年第 60 期。

中已经身陷囹圄，失去了自我的思路和灵魂。尔萨是将人们引向无尽痛苦"地狱"的旗手，他并非"安拉的使者"，而是"魔鬼的使者"，他代表着沙特社会转型过程中为权贵阶层和大资产阶级利益代言的新兴中产阶级，他们一方面出身于底层社会，与无产阶级有着天然的联系，另一方面他们凭借自己与上层权贵和资产阶级的关系而疯狂压榨下层无产阶级，成为统治阶层的帮凶。

乌萨马是街区的美男子，其名字在阿拉伯语中的意思是"狮子"，象征着勇敢和无畏。他在宫中的任务就是引诱年轻女孩进入宫殿，但长期的宫殿生活折磨着乌萨马的心理，他时刻经受着内心的谴责和不安，在无法忍受宫殿主人的弟弟百德尔的女性化倾向之后，他成为选择逃离宫殿的第一人，他象征着那些不敢正面反抗权威而选择逃避社会现实的人们，在宫殿主人所构建的绝对极权统治之下，他敢于出逃不失为一种消极的反叛。他与尔萨、塔里克等人代表着沙特社会转型中迷失自我的第一代，他们为了尽快摆脱令他们痛苦不堪的极度贫穷，他们不断突破自己的原则和底线，最终迷失在社会变革的历史大潮当中。

嘉丽莱在阿拉伯语中是"伟大的、可敬的、光辉的、荣耀的"意思，然而无论是大嘉丽莱还是小嘉丽莱，尽管她本身的行为高贵而令人尊敬，然而等待她们的都是死亡，以及死后人们对她们形象的侮辱和名誉的诋毁。大嘉丽莱死于精神失常的弟弟之手，她脖子上留下弯弯曲曲的刀痕，象征着那些意欲突破沙特传统文化束缚的人们，必将死于传统的诛杀。在宗教语境下，沙特具有浓郁的贝都因文化特质的阿拉伯伊斯兰文化不仅扼杀了年轻男女的爱情，而且扼杀了年轻人勇于突破传统的勇气和信心。大嘉丽莱死后，人们将她描述成一位淫妇，若不是她的灵魂挂在沙枣树梢，每夜发出低沉的哀鸣，人们不可能为其不公平冤。这是因为传统势力不仅要在一个人生前扼杀其思想和行为，而且要在其死后对其进行侮辱和诋毁。小嘉丽莱并非暴毙，而是郁郁而终，因为劝善戒恶委员会抓住她跟马哈茂德单独海边相处，给她的家族带了极大的侮辱，也对其心理造成莫大的创伤。而事实上，她被劝善戒恶委员会审讯的那一刻就已经被宣判了死刑，只是在缓期执行而已，死亡只是一个时间概念。沙特传统宗教文化成为诛杀年轻人思想和肉体的元凶。在众人抢夺尸体的过程中，嘉丽莱的手臂被撕扯下来。手臂的断裂象征着女性在传统的阿拉伯社会，无论活着还是死去，始终处于受压抑的他者地位，来自精神和肉体上的断裂，使她们的人生自始至终处于残缺境遇。嘉丽莱死后被大哥从全家福上撕下来，也象征着阿拉伯传统势力不仅扼杀了女性的肉体和灵魂，而且无情地破裂她们的家庭，任何与沙特传统势力相抗衡的企图都将被毁灭。

2. 小说标题的象征性

小说《天堂喷出的火焰》，"天堂"是人人向往之所，"火焰"无疑会灼烧靠近它的人。小说《天堂喷出的火焰》源于《古兰经》第 77 章的经文，"那火焰喷射出宫殿般的火星，好像黧黑的骆驼一样"（77：32~33）①。阿卜杜胡·哈勒将这段经文的意义演绎，运用象征手法，以街区和宫殿分别代指地狱般的天堂和天堂般的地狱。每个人都向往进入美好的天堂，远离自己所生活的地狱，但是人们却未能明白，天堂和地狱的这一对概念具有相对性和矛盾性，而且在一定条件下是可以相互转化的。没有天堂的存在就不可能理解地狱的苦难，而没有地狱的存在，就不可能理解天堂的美好。当人们在尔萨的带领下相继进入向往已久的"天堂"的时候，他们确实获得了大量的财富，改变了自己物质上极度贫困的生活窘境，但是人们却发现自己却身陷精神"地狱"的泥潭，人们在宫殿当中的生活，失去了自我思想、话语甚至灵魂，他们像奴隶一样随时等候主人的命令，丝毫的怠慢都会招致主人无情地谩骂和惩罚，许多人因此而变成了残疾人，他们最终被"天堂"射出的欲望之火所灼烧。

当他们想要离开曾经所向往的"天堂"时，他们甚至没有勇气说出自己的想法。"我（塔里克）想出去看看姑姑，给她提供生活必需品，我被我囚禁，我迫使自己不在这个时候离开。尽管我已经订购了'随时候

---

① 《古兰经》，马坚译，中国社会科学出版社，1996，第 442 页。

命服务'，但是哪怕我收到短信提醒，也不可能按时回来。在宫里，被服务者（宫殿主人）没有确切的睡觉时间，只要他醒来，服务者就要保持清醒，宫殿主人醒来时会询问所有人的情况，如果被告之他睡着了，或者不在，主人将会立刻解雇他，因此许多人趁主人不注意的时候偷偷睡觉"（天堂喷出的火焰：180）。宫殿主人控制着每一个人的一言一行，他们能做的只能是继续时时刻刻地恭候主人的命令，以保证自己在宫殿当中能够继续过着奴隶般的生活。作为一些在宫殿里职级较低的人员，他们是没有机会接触到"随时候命"服务的，他们只能靠自己的辛勤努力，在宫中过着战战兢兢的生活。

小说《犬吠》讲述了主人公"我"参加也门新兴民主会议的始末。哈勒构建了三组主要的"犬吠"，分别是民主会议"犬吠"、民族复兴和命运的"犬吠"以及对战争的"犬吠"，哈勒运用"犬吠"的象征性从不同层面展现了阿拉伯国家政治的虚伪、混乱和喧嚣，批判阿拉伯国家政治的低效性、战争的盲目和破坏，关注阿拉伯民族的复兴和民族命运的坎坷。

在也门民主会议上人们发出狗一样的"犬吠"，他们每一个人都在大讲特讲，却没有任何实质性内容和意义，马拉松式的会议令每一位听众都内心烦躁。"哪怕有电子记话器也不能记录会场上所有的话，这些重复的、没有生气的话语风暴，结果必然损毁那家发明该设备的机构的名声。时间一小时、两小时、三小时过去了，每次上台发言的第三世界的领导人们都会让人们听够了民主这个单词，也许是私人顾问给他们写的讲稿，他们什么都不知道，只知道字母而已，我们听烦了，但是也不能阻止他们继续发言"（犬吠：219）。在叙述者看来，所谓的民主会议无聊而冗长，没有任何设备可以记录会议的全程，领导人的讲话只不过是一群狗在狂吠，他们每一个人都在谈论民主和民主的出路，但是他们的讲话稿往往出自他人之手，他们甚至自己都不知道自己在说什么。哈勒借助新兴民主会议揭露了部分阿拉伯国家民主政治的虚伪性和低效性，所谓的民主政治只不过是美好的镜中花雪中月，是统治阶层蛊惑民众的手段，从本质上讲，阿拉伯民主政治的实现尚缺乏必要的时机和土壤。

在会议期间，"我"跟法鲁克夫妇发生了激烈的争吵，像犬吠一样，争吵激烈而没有任何结果，正如阿拉伯国家长期以来的纷争一样，"我"事实上象征着沙特，而法鲁克夫妇则象征着埃及，哈勒借助三人的"犬吠"来探讨阿拉伯国家的命运和国家之间的误解与裂痕，三人争吵的话题主要涉及以下几个方面：

A.国家政治制度。共和国制度和国王制度孰优孰劣。

B.对阿拉伯国家领导权的争夺。

C.以美国为首的外来势力进驻中东责任由谁来负？

D.沙特拥有丰富的石油，但思想仍属于沙漠游牧民族，只考虑女人和酒，是阿拉伯国家普遍落后的根源。

E.第四次中东战争后期阿拉伯国家分裂的责任由谁来负？

F.伊斯兰原教旨主义思想策源地，是在埃及还是沙特？（沙特的瓦哈比主义和埃及的穆斯林兄弟会）

阿拉伯国家之间的裂痕和误解已经根深蒂固，涉及政治分歧、意识形态和文化成见等多个层面，成为阻碍阿拉伯国家实现国家统一、经济繁荣和社会稳定的重要障碍，短期之内，阿拉伯国家不可能解决上述问题。哈勒借助三人的争吵揭露了阿拉伯民族复兴道路的曲折和艰辛，以及对民族复兴难以实现的哀叹和无奈。

与民主政治的"犬吠"和民族分裂和复兴的"犬吠"相对的，小说中还有另一种"犬吠"——战争的"犬吠"。海湾战争爆发前后，战争阴霾笼罩着整个吉达，吉达的每个人都处于紧张、恐惧和焦虑的状态，人们以各种形式发出内心的呐喊，正如"犬吠"一样，呐喊与否都无法改变战争对人们生活的破坏。由于人们惧怕萨达姆发射化学武器，人们以讹传讹，臆想以胶带抵御化学武器对人体的侵害，一时间胶带奇货可居，成为热销产品，"萨达姆令人十分讨厌，用随意杀死人威胁着我们，难以想象我将成为这场肮脏的战争的第一批牺牲者，狂风卷起尘土，搅乱着我们死寂的岁月，等待成为我们唯一的猎物，我们窥视着它，它窥视着我们。……我们生活的首要任务变成了如何抵御化学武器"（犬吠：27）。

人们一边咒骂萨达姆，一边疯狂地购买胶带。"我"父亲购买了机关枪，以抵御萨达姆的军队对自己家人的侮辱。圣战者易卜拉欣预言政府在萨达姆的军队面前将不堪一击。也门侨民阿亚什自从回到也门之后，像其他响应政府号召回到也门的人一样，生活没有保证，每天都处于崩溃的边缘。甚至媒体人苏莱曼·尔萨在电视机前都严重失态，他"突然抽打自己的脸，神情紧张，一言不发（似乎在哭泣）"（犬吠：87）。海湾战争爆发后，伊拉克由侵略者变成了受害者，许多阿拉伯民众不希望美国进驻沙特，"我"父亲的好友奥斯曼严厉地指责这一行为，"当你相信布什和他的走狗们卑鄙的游戏时，（你就是封闭的人）……现在他们在吃我们的肉，明天他们将磨碎我们的骨头，你记住！"（犬吠：73）但是也有人希望借助外部势力的干预，改变阿拉伯世界的落后面貌，改变自己的人生命运。当美国军队正式进驻中东的时候，优素福高兴地拍手称快，"当我们有了美国国籍后，我们以后就有地位了"（犬吠：73）。无论人们如何发出战争的"犬吠"，都无法阻止战争的爆发，也不能改写战争的进程，更无法推测战争的结果，他们只能被动地接受政客们外加给他们的命运，经受着战争给他们带来的精神和物质上的创伤。

3. 小说空间的象征性

哈勒善于运用小说空间的象征性来表现小说的主题，小说突破了文本空间的场域限制，拓展了小说的创作空间和寓意。在本章第三节中，笔者以及分析了《天堂喷出的火焰》中宫殿和坑区的空间意象，分析了大海所具有的文化内涵，本节将进一步探讨小说空间象征性的问题。

在小说《犬吠》中，哈勒刻意在构建空间与个人，空间与事件之间的内在指涉，正如他在访谈录中所谈到的，"叙述者写作时，只是书写他感兴趣的事物，同时，任何与爱人相关的事物都会被主人公所关心：于是萨那就变成了情人的隐喻，谈论它就是在谈论情人，谈论吉达，就是在谈论失去的情人……这就是我们与空间之间的关系"①。因此，小说中

---

① 塔米·萨米利：《沙特小说：对话与问题》，卡法哈出版社，2009，第252页。

"我"为了找寻情人娃法，十多年来一直往返于吉达、萨那和亚丁之间，从未放弃这一执念，直到最终在亚丁找到了已经沦为职业妓女的娃法，不同空间之间的转换包含着文本内部空间的象征性。吉达象征着天真无邪、纯洁的少女娃法，在那里见证了"我"跟娃法炙热的爱情。萨那象征着处于颠沛流离食不果腹的娃法，尽管那里是她的故乡，但是她成长在吉达，生活在吉达，吉达实际上是娃法的真正的故乡。她与其他也门人一起响应总统萨利赫的号召义无反顾地回到自己陌生的故乡，而等待他们的不是鲜花和牛奶，而是极度贫穷的生活，他们无法保证自己的生机，迫于无奈，娃法最终去了亚丁，实现了她人生的第三次转变，亚丁事实上就象征着职业妓女娃法。尽管吉达和亚丁都属于红海海边城市，生活环境颇为相似，但是时间和地点都改变了，娃法蜕变成一个职业妓女。"战争常常导致死亡、贫穷和耻辱……从这些因素来看，她是腐败的融合体，腐败不需要很近就会发酵"（犬吠：18）。妇女和儿童作为社会的弱者，在战争面前，她们往往以出卖自己的肉体来换取温饱，与贫穷和死亡相比，她们只能选择耻辱。

同时，亚丁还象征着后殖民时期的阿拉伯社会。尽管英国结束了对亚丁的殖民统治，但是英国近一个世纪的统治对亚丁的影响是深远的，她身上始终流淌着被殖民者的血液，随处可见的西方建筑和街道名称都成为殖民主义的遗产，"英国人的文化仍保留在也门大街上、家里、历史上、记忆中"（犬吠：10），西方殖民者在无法继续统治亚丁之后，他们选择无情地放弃，丝毫没有考虑到阿拉伯人民的任何利益。阿拉伯的新统治者们以革命者的口号掌握国家政权，但是实际上，他们的统治与西方殖民者没有本质的区别，"你知道吗，在苏丹的连续统治者，他们的统治在旦夕之间就变成了专制统治，只有金山耸立起来，这些专制者们步履相似，随着他们登上舞台，他们坐上国家宝座，承诺给百姓福祉，当江山坐稳之后，就虐待百姓，所有的统治者都是罪大恶极的人，不受惩罚"（犬吠：237）。无论哪一股势力上台执政，他们最终都选择了原有殖民统治的方式，殖民主义文化已经渗透到阿拉伯人的骨髓当中，成为其思想难以剥离的一部分。

总之，哈勒对象征手法的运用没有突破现实主义的范畴，是其所秉持的现实主义创作理念的一部分。小说人物、标题和空间的象征性使小说突破了文本空间的限制，具有更多了文化和社会内涵，从而使小说的叙事主题、小说人物形象具有多维内涵，延长了读者的审美过程，增加了小说文本的艺术性。

第五节　跨文本：多样化叙事模式

传统现实主义小说在表现社会现实的时候，往往力图还原社会现实，注重对现实的描摹和刻画，但是对诸如新闻报道、来往书信、歌曲、调查报告等其他文学文本的描述，传统现实主义作品往往着墨不多，或认为这有损文本的整体性而可以规避，因此小说文本形式较为单一。在洛奇看来，"很少会有作家完全倾注于寓言小说、非小说，或是元小说创作。相反，他们通常以惊人的、故意的反意方式将以上一种或多种创作模式与现实主义连接起来"①。

在哈勒的现实主义小说中增加了许多书信、歌曲、新闻、案件证词和调查报告等非小说文本，使小说文本与其他文本相结合，跨越了小说文本的限制，给人以丰富的多种文学体验，充分展现小说的结构魅力，哈勒这一手法明显受到的后现代主义的影响，因为"人类的许多真理体系，如历史、宗教、意识形态、伦理价值等，都可被视为一种'叙述方式'，即把散乱的符号表意行为用一种自圆其说的因果逻辑统合起来，组织起来"②。哈勒根据小说自身逻辑体系将多种文本融入小说创作当中，给读者以全新的阅读体验和感受，使小说文本更加真实可信，甚至使读者

---

① 余军：《美国新现实主义小说研究》，苏州大学博士毕业论文，2013。
② 陈世丹：《美国后现代主义小说详解》，南开大学出版社，2010，第7页。

产生这就是社会现实的假象。同时哈勒在小说中刻意交代小说的创作背景、动机和创作素材，暴露故事叙述者的身份，使小说具有了元小说的韵味。哈勒故意将沙特传统贝都因社会对灵魂和精灵信仰融入小说当中，赋予了小说以神话元素，颇具贾齐·古赛伊比式的阿拉伯魔幻现实主义。此外哈勒以故事叙述者的身份在小说叙述过程中夹叙夹议，使小说拥有了哲学深度和内涵，增加了小说文本的厚重感。

1. 非小说文本的介入：读者参与小说情节和人物形象的构建

在小说《天堂喷出的火焰》中，哈勒将泰哈尼写给塔里克的情书的全文展现出来，小说中插入书信的内容，特别是心连心的图案，令读者可以身临其境地感受到泰哈尼对塔里克真挚的爱情，给人以清新、真切之感，与塔里克夺走其贞洁后逃逸形成鲜明的对比，塔里克一生都背负着内心的谴责和不安，他对泰哈尼的爱情是夹杂性欲目的的爱情。哈勒通过还原书信内容，给读者以强烈的视觉冲击，读者与小说叙述者一起还原出泰哈尼单纯善良的一面，使小说人物栩栩如生，跃然于纸上。

图 3

小说第三部分介绍了大量新闻报道的标题和一些网址链接，以此阐述沙特股市崩盘的原因和过程，以及对部分沙特人造成的精神打击。

发表在《塔伊尔》网站上，解释了股市崩盘的原因。

*****

www.alftheh.com

链接关于部分股市操盘手的消息，以及他们的生活，他们欺骗民众的过程。

******

如果屏蔽这一网址，你可以试试以下链接

www.alhaahna.com

www.seerk.com

www.elamen.com（天堂喷出的火焰：390）

甚至还有一份关于政府利用股市抽干中产阶级手中财富的秘密报告。

国家因为贩毒势力抬头而受到巨大的震荡，他们属于基地组织的恐怖分子，目标是摧毁政权，与之相对的是，大量的金钱在国民手中，部分人同情基地组织，以慈善的形式捐献资助这一趋势，最后钱都流到了毒贩手中。建议采取有效途径来吸干国民手中的钱，让他们看到集中爆炸事件的危害性。

——秘密报告总结（天堂喷出的火焰：389）

所有的这些文本都与小说第二部分宫殿主人操控股市、尔萨倾家荡产流落街头形成小说文本内在的互文性，在亦真亦假当中，读者可以积极参与到小说情节和人物的建构过程中，丰富了读者的阅读体验。同时阿卜杜胡·哈勒跟沙特许多普通民众都在这场经济动荡中蒙受巨大的经济损失，哈勒在这一事件前后收集了大量相关信息，他小说中安插股市崩盘这一事件，可以使读者将自己的人生经历与这一事件相映衬，内心产生对文本的共鸣，形成小说文本与社会现实的外在互文性，增加小说文本的真实性和感染力，这也与哈勒所秉持的"将记忆保存在鲜活的血液当中"①这一创作理念相契合。

小说《犬吠》中，主人公"我"在飞机上取了一份报纸，只是匆匆看了报纸新闻的标题和主干部分就放弃了阅读这篇冗长的新闻报道。哈勒在此故意将新闻细节穿插在小说文本当中：

也门总统明天召开新兴民主会议

十七国家探究实现民主的有效方式

9 月 26 日 萨那

在阿里·阿卜杜拉·萨利赫总统的关怀下，明天将举行新兴民主会议，与会者是政治、经济和社会精英，按照英语字母顺序国籍如下：贝宁、玻利维亚、萨尔多瓦、……乌兹别克斯坦、纳米比亚、尼泊尔和也门。

尽管遇到政治和经济的挑战，但是这些国家都坚定地朝向民主前进……（犬吠：103）

哈勒借助这篇冗长的新闻报道，直观地展现了阿拉伯国家谋求民主政治道路的艰辛和形式化倾向，与会者大多来自经济落后、民主制度仍不健全的国家，哈勒详述与会国名单的目的一方面给读者冗长、无聊的直观感受，另一方面质疑阿拉伯国家召开民主会议的动机和意义，这一新闻报道与之后冗长、无聊、缺乏实际内涵的民主会议之间相互指涉，增强了小说文本的现实性特征和讽刺意味。哈勒借助阿鲁尼博士的话表明新闻报道的虚假性和欺骗性，因为在哈勒看来，新闻媒体只不过是美化政治的工具，是政府愚弄普通民众的手段而已。而读者在小说文本和新闻文本的阅读中，更加真切地感悟到新闻报道与现实的矛盾性，同时

---

① 塔米·萨米利：《沙特小说：对话与问题》，卡法哈出版社，2009，第 249 页。

哈勒借此来引导读者的政治思想建构和思维模式的转变。

小说《"淫乱"》第十三章由超过 27 名证人的证词构成，不同的证人对嘉丽莱第一次犯错误被劝善戒恶委员会抓住、犯错的原因、与他人关系、个人品行等都作出的不同程度的判定，许多证词十分荒谬，彼此之间相互矛盾，南辕北辙，如：

> 她（嘉丽莱）发现了封闭家庭窗户的用处，到了夜里，在他的注视下她容光焕发。她要满足他的渴望，她想让他进屋，几个月的努力，只不过是梦。
>
> ——马哈茂德好友易卜拉欣

> 她（嘉丽莱）有好几个秘密出口，故意弄更多窗户，最大程度上控制窗棂，晚上取下来与情人私会，她像泛滥的洪水一样找到发泄口。
>
> ——海丽娅

> 她与街区的青年的故事说不尽，每天都与一个有关系，而且还诱惑年龄大的人。要不是她死了，提醒了他，他的钱几乎都给她的家人了。
>
> ——鲁克娅（"淫乱"：75~79）

哈勒借此增强小说中嘉丽莱逃逸案件的迷惑性和悬疑意味，故意误导读者判定嘉丽莱是一个淫乱的女孩，甚至小说《"淫乱"》标题的设置本身也在误导读者，大多这些证词随着案件的调查不攻自破，这样就促使读者自己去发现嘉丽莱逃逸案件的真相，增加读者在小说情节构建中的参与度。读者在发掘案情真相的同时，增强了小说文本的戏剧性和讽刺意味。

2. 也门歌曲：奠定小说悲情基调

在小说《犬吠》中出现大量的也门音乐，不仅是人们对也门音乐的偏爱，更是对故乡和情人的思念。在前往也门的飞机上，"我"跟人们一起唱起了也门歌手艾优卜·塔利什的歌曲，"岁月你回来吧，多少祈祷浇灌；春日的玫瑰，有刺堪摘"（犬吠：90）。歌曲成了人们表达内心哀思的方式，人们像是候鸟一样离开家乡，但是人们的心总是牵挂着自己的家乡和情人。正如娃法的父亲临走前反复吟唱的歌曲："孤独的你，莽撞地生活；赛义德和其他人伤心不已；我的眼睛看着我的岁月，我的岁月过了这么久；而我的心更加思念；我的心加倍思念，你要旅行吗？"（犬吠：95）主人公"我"听到之后，心中充满着对娃法的依依不舍。战争促使一对情人长期天涯之隔，音乐便成为"我"医治灵魂痛苦的良药。在哈勒看来："歌曲节选很早就流行，但今天人们仍在吟唱，但心境不同，地点也不同。今天的人与经历过这些的人听歌心境不同。《犬吠》是一种声音，也许在你那里仅仅是一种声音，而在一些人那里就是一切。"① 不同地区的人、不同时代的人吟唱同一首歌曲，其内心思想和心境完全不同，这就解释了作者引用大量歌曲的原因，哈勒借此引发读者的共鸣和反思，拓展了小说文本的回味空间。

同时哈勒在小说中穿插大量的也门音乐，也是对阿拉伯古代文学作品中穿插诗歌传统的继承，使小说充满着浓郁的也门气息，同时为小说奠定了哀思的情感基调，使《犬吠》洋溢着归乡也门人内心的那份期盼、兴奋和不舍，以及情人分隔一方的无奈，借此哈勒进一步抨击战争对社会的破坏，对人性的摧残，无论对也门人还是沙特人而言，普通民众没有参与战争的发动，但是却要为战争支付高昂的代价。

艾优卜的歌曲不仅能够慰藉人们内心的哀思，而且成为统治阶层的政治工具。歌声道出了人们对于祖国和家乡的热爱和思念，同时也将大量长期定居沙特的也门人召唤回到也门，在新的环境下他们的衣食没有

---

① 塔米·萨米利:《沙特小说：对话与问题》，卡法哈出版社，2009，第248页。

任何保障，他们彻底变成了故乡的"异乡人"，他们要么选择留在也门忍受生活的艰辛，要么返回沙特继续做二等公民，而许多选择留在也门的人只能像娃法一样以出卖肉体来维持生计，统治阶层为了达到自己的政治目的，丝毫没有考虑到普通民众的利益。也门前总统阿里·萨利赫甚至声称："那些不回国的也门人，就是沙特人的帮凶，国家的帮凶，反对萨达姆"（犬吠：95）。最终，爱国主义被政治绑架，成为政客们达到政治目的的工具。

当然，小说中穿插歌曲，还有助于配合故事情节的发展，舒缓小说紧张的节奏和读者悲情的心境。到达也门后，"我"乘坐的汽车上响起了司机哼唱的也门歌手穆罕默德·萨阿德写给自己妻子的情歌，"星期天，我路上由于一人；他生我的气，我走他在后面，我走啊，不想一个人"（犬吠：201）。穆罕默德的哀歌为主人公"我"在也门找寻情人之旅蒙上一层浪漫主义色调，故事节奏也变得轻松和缓，契合了人们轻松的聊天话题。

3. 元小说手法：小说创作的另一种真实

元小说这一文学形式在很大程度上受到了后现代思想的影响，20世纪六七十年代流觞于欧美。美国批评家威廉·伽斯在《小说与生活中的形象》一书中首次使用"元小说"这一文学术语，之后这一概念被文学家所采用。所谓元小说是指"关于小说的小说，即小说中包含了对自身叙事或语言身份的评论"[1]，因此元小说本身就具有自我解构性。传统现实主义小说可以追求反映和再现社会现实，往往采用无所不知的全知视角对故事进行描述，叙述者和叙述行为本身藏匿在文本的叙述过程当中。而元小说故意打破这一叙述理念，故意暴露叙述者身份和叙述行为。

小说《天堂喷出的火焰》中，哈勒在小说第三部分中，专门设置一节介绍作家阿卜杜胡·哈勒与主人公塔里克在冰岛游乐场见面的场景，然后指出"像我（哈勒）通常跟他在一起的一样，我让他自言自语，似

---

[1]　Hutcheon Linda. Narcissistic Narrative[M].Wilfrid Laurier University Press，1986:1.

乎他没有啰哩啰嗦说完，他借此表达自己的忏悔……洗脱自己的罪过，最后他决定不说了"（天堂喷出的火焰：388）。哈勒在小说中故意安排特定章节令小说的虚构的作者和故事讲述者在一起座谈，暴露小说的叙述者身份和其叙述行为，形成多层次叙述结构，解构了传统现实主义全知全能叙述，为读着营造小说故事真实发生的幻象，赋予小说反映社会现实的真实性和虚构性，亦真亦假，从而使小说《天堂喷出的火焰》具备了元小说的某些特质，又不失哈勒一贯所追求揭露现实、批判现实的创作理念，哈勒创造了一种有别于传统现实主义的另一种尝试。

4. 神话：阿拉伯人潜意识中的存在

文学源于神话，而神话又属于文学叙事的一种，神话以其象征性和故事叙事性孕育出早期的文学，见证了人类的智慧和文明的辉煌。卡西尔指出："自从纯思维赢得自己的领地和自己的自主性法则，神话世界似乎以备超越和遗忘了。"[1] 但是尼采面对现代社会却指出："每一种文化只要它失去了神话，则同时他也将失去其自然的而健康的创造力。只有一种环抱神话的眼界才能统一其文化。只有靠着神话的力量才能将想象的力量及阿波罗的梦幻从紊乱混杂中解救出来。"[2] 因此神话对于当代文学叙事具有十分重要的意义。在梅列金斯基看来，神话正是因为其本身强大的象征性，使其具备了叙事特征，"成为一种适宜的语言，可用以表述个人行为和社会行为的永恒模式以及社会宇宙和自然宇宙的某些本质性规律"[3]。

阿卜杜胡·哈勒对阿拉伯传统神话故事有着特殊的情结，他从小接触到沙特贾赞地区的神话故事，对其小说的创作产生了十分深刻的影响，他还分别整理了西贾兹和泰哈米亚地区的神话故事，并以《哈密黛说》和《阿吉柏说》名字出版，在沙特国内有着广泛的影响，许多文学评论家都认为，哈勒的两部作品保存了即将消亡的沙特传统的民间神话故事，

---

[1]　卡西尔：《神话思维》，黄龙保译，中国社会科学出版社，1992，第 2 页。

[2]　尼采：《悲剧的诞生》，李长俊译，湖南人民出版社，1986，第 174 页。

[3]　梅列金斯基：《神话的诗学》，魏庆征译，商务印书馆，1990，第 4 页。

其功劳功不可没。哈勒认为:"我们仍生活在神话的时代,即使我们不知道,但是神话构成了我们对生活和现实的看法……现实经过几千年将神话搬进我们的生活。当叙述者写作时,他感到现实中神话的力量。"① 正是基于这种对神话的认知,促使哈勒的叙事作品始终洋溢着神话色彩。

在小说《"淫乱"》中,大嘉丽莱被自己的哥哥杀死,灵魂不散,绕在酸枣树上夜夜发出哀鸣,大嘉丽莱的灵魂所依附的沙枣树变成了圣树,人们将沙枣称作"天堂的果实",成为人们祈福的媒介,她所生活的小区以她的名字而命名,人们将她与圣徒相媲美,由此产生了沙特式的神话。这种神话与沙特贝都因原始崇拜有着莫大的渊源,尽管沙特的贝都因人信仰伊斯兰教,但是长期的沙漠生活使人们始终没有放弃原始崇拜的痕迹,对精灵和灵魂的崇拜成为贝都因人信仰体系的一种变体,人们相信人死后灵魂不灭,并能够帮助人实现个人愿望。"在内志和哈萨及半岛的其他地区的大多数人们都陷入污秽与为安拉举伴的泥潭中……他们已失去了感知和区别能力,甚至认为石头、树木包含着福祸。"② 哈勒在小说中将贝都因人原始信仰遗迹融入小说中,使小说颇具魔幻现实主义的韵味,这与沙特著名文学家贾齐·古赛比创作手法颇为相似。

当小嘉丽莱去世之后,她弟弟萨利赫出于对姐姐信仰虔诚的认可和维护家族荣誉的考量,想方设法神话自己的姐姐,使人们相信是安拉将其召唤走,以免遭受大地污浊的玷染。沙菲克因为长期与叔叔生活在陵园当中,他的父母在去麦加的路上遇车祸死去,与他一起玩耍的孩子们也不幸相继去世,于是人们将其塑造成死神,编制了超过三个版本神话来塑造这位"死神",甚至将他描绘成精灵的儿了。神话像是血液一样流淌在阿拉伯人潜意识深处,影响着人们对社会事件的看法和价值观念。

同时,阿拉伯人始终没有摆脱偶像崇拜的印记,对灵魂和精灵的崇拜有时候转化成对个人的神话和崇拜,他们把政治领导人塑造成阿拉伯

① 塔米·萨米利:《沙特小说:对话与问题》,卡法哈出版社,2009,第248页。
② 马福德:《近现代伊斯兰复兴运动的先驱——瓦哈卜及其思想研究》,中国社会科学出版社,2006,第23页。

民族英雄的形象，不会犯任何错误，他们的一切决定都是为了人们的福祉，一旦这一偶像倒塌，人们很快又扶植起其他偶像加以神话和崇拜。

小说《犬吠》中，"我"父亲像其他沙特普通民众一样十分崇拜埃及总统纳赛尔和沙特国王费萨尔，将他们看做近似神的化身，"在那些岁月，只有纳赛尔用他的演讲用，用他的爱滋养我们的心灵，我们不敢大声说出这份爱"（犬吠：211）。当"我"在他面前将纳赛尔描述成专制的人时，父亲"朝我砸来烟灰缸，我躲在门后免过挨打，他像狮子一样站起来，扯着我的衣服，把我推到门外"（犬吠：209），如果不是他的好友奥斯曼说情，"我"肯定回不了家。父亲之所以产生如此强烈的反应，甚至不承认自己的儿子，其根本原因在于处于特定时期的阿拉伯人，他们内心深处需要一个类似神一样的人物加以崇拜，以构建起完整的信仰体系，坚信这一神话人物能够带领整个阿拉伯民族实现民族复兴和现代化，一旦神话人物的外衣被现实所剥离，那么人们内心将经受巨大的思想动荡和冲击，人们最终无奈地发出感慨，"阿拉伯世界不需要这些坦白，给我们留点的崇拜的偶像吧！"（犬吠：229）

因此，神话对于哈勒小说人物的塑造、情节的发展以及故事主题的烘托都起到了非常重要的作用，为哈勒的小说创作提供了丰富营养和素材，成为其小说不断创作的源泉，从而使哈勒的小说处处洋溢着神话元素。甚至哈勒曾经断言"神话就是未来"[1]，神话成为哈勒的创作灵魂，是哈勒小说创作的主要元素之一。

小　结

在现实主义基本创作原则下，哈勒的小说流露出现代主义和后现代主义的元素。首先，哈勒的大部分小说都保持着较为完整的叙事线索和

---

[1]　宰卡·萨迪尔：《阿卜杜胡·哈勒：神话是未来》，《阿拉伯报》2014年第9478期。

故事情节。较为明显的叙事线索将小说的开头、中间和结尾连接起来，形成文本内在的逻辑关系。为了克服传统现实主义的叙事单一，哈勒利用多视角的转换，时空蒙太奇手法的运用，使小说在内部具体故事情节处理上碎片化，呈现出时空并置、跳跃和多层次叙事的特征，对同一人物或事件的描述呈现回环式循环叙事的特点，这就解构了小说的完整性，呈现出情节总体完整和碎片化拼贴相结合的特点。其次，在塑造人物形象时，哈勒注重在典型环境下塑造人物，在对部分人物处理时，刻意规避了小说人物心理世界的描述，小说人物失去了立体性，不再饱满，甚至变成一种符号象征；在另外一些人物处理时，通过回忆、梦见、内心独白和意识流的手法，再现小说人物繁杂的内心世界，从而塑造出外在特征和内在特征兼具的立体化人物；哈勒还注重发掘小说人物与现实人物、小说人物与其他文献人物之间的联系，以互文性增强人物的真实性和可信度。再次，在小说空间叙事中，哈勒不再刻意追求小说的叙事时间，而是重视小说文本空间的构建，构建了地志空间、心理空间和社会空间三者之间的互动关系：地志空间成为心理空间和社会空间的构建的基础，心理空间的稳定也有利于地志空间和社会空间的稳定，社会空间的改变又始终离不开地志空间和心理空间的支持，成为地志空间和心理空间改变的终极目标，同时反作用于地志空间和心理空间的建构。此外，在小说象征手法运用上，哈勒延续了现实主义文学创作的基本手法，其象征性仍然囿于现实主义的窠臼，但基于现实的考量，巧妙运用小说人物形象、标题和空间的象征性，拓宽了小说的空间和寓意，给读者带来了极大的想象空间，增强了文本的可读性。最后，哈勒在小说中增加了许多书信、歌曲、新闻、案件证词和调查报告等，使小说文本与其他文本相结合，跨越了小说文本的限制，使读者参与到小说人物形象的塑造过程中，激发读者内心深处的情感记忆，并使小说蒙上了神话色彩，契合了人们的社会心理，给人以丰富的多种文学体验，充分展现小说的结构魅力。

因此，哈勒的小说创作手法是对传统现实主义创作的革新，哈勒秉

持了传统现实主义对故事整体性的把握，力图在典型环境下创造典型的
人物形象，同时借鉴了后现代主义的创作手法，使具体故事情节呈现碎
片化，小说人物的心理世界得以张扬，人物形象又是还呈现符号化处理，
而基于三大空间建构改变了传统现实主义基于时间线索程式化叙事，而
是呈现出多层次、立体化的叙事模式，象征手法和其他文本形式的插入
既拓展了小说创作的空间，又增强了小说文本的真实感和可信度。从某
种意义上说，阿卜杜胡·哈勒的小说创作手法是传统现实主义和现代主
义、后现代主义创作的合流，是一种新的现实主义，与美国的"新现实
主义"有某种程度上的契合，可以称为阿拉伯的"新现实主义"。

第四章　真实与虚构：哈勒现实主义小说的新历史主义视域

　　新历史主义亦称作文化诗学，是一种新的历史主义和文学批评方法，它是对 20 世纪西方主流社会思潮——形式主义和结构主义的文学本体论的一种反叛。新历史主义明显受到西方马克思主义、福柯的权力—话语理论、德里达的解构主义的影响，是后现代主义在历史批判领域的新发展，是一种新的文化诗学。新历史主义在文学批评实践中突破了文学的自律，反对将文学与社会文化相隔离，主张从社会文化视角，如政治权力、意识形态、文化霸权等对文本进行解读，而不是单纯的文本内部的文字游戏。20 世纪 80 年代，作为主张阐释文学文本的历史内涵的新历史主义逐渐得到欧美文艺界的认可，成为文学批评和文学研究的重要方法论。

　　新历史主义主张把文学与人生、文学与历史、文学与权力话语的关系作为自己分析的中心问题，强调文学的社会意识形态功能、文学与文化的相互关系、对宏大历史所建构的历史真实进行质疑，关注被宏大历史所掩盖的边缘性文本。在新历史主义看来，虚构与真实就像硬币的两个侧面，是任何历史文本都不可能摆脱的。多克特罗指出："事实与虚构之间永远存在一个明确的界限，这种想法也许是天真的。我们大家在一生中的每一时刻都是在构筑这个世界。"①

　　尽管阿卜杜胡·哈勒从未谈起他的作品受到了新历史主义的影响，但是其小说创作的创作理念和创作思路，明显具有新历史主义的色彩。哈勒将历史书写作为小说话语构建的维度，以小说文本来阐释自我对沙特社会转型、经济建设、海湾战争、民主进程等一系列重大议题的看法，构建有别于权威历史的话语。哈勒颠覆权威正统历史观，建构边缘化小写历史，力图改变人们对沙特现代化建设和宗教权力组织的固化观念，还原其历史的本来面目。同时哈勒揭露权威大写历史文本性的一面，以小说文本为载体，从边缘化小人物的视角重新构建沙特近现代发展史，展现了小说文本的历史性。

第一节　历史书写：哈勒小说话语建构之维

　　米歇尔·福柯认为："虚构话语可能产生真理的效果，真实可以产生或制造尚未存在的潜在话语，并对它加以先行虚构。人们在政治现实的基础上的虚构历史，也在历史的基础上虚构尚未存在的政治。"②

　　作为后现代语境下文学批评理论，新历史主义继承了德里达解构主义思想，具有强烈的反权威、反主流和质疑性的特征。新历史主义公然宣称历史是一种文化诗学，历史叙事同文学叙事一样表现出语言虚构性特征，将历史与文学划归到同一符号系统之下，探讨历史话语产生的机制，以及历史符号背后所隐藏的深层话语权力形式。

　　文学与历史同属一个符号系统，文学文本的历史书写事实上也是话语权力的载体，文学家借此建构自我话语体系的一种方式，表现出了强烈的政治立场和意识形态。哈勒小说在宏大的历史框架下，关注小人物

---

① 查尔斯·鲁亚斯：《美国作家访谈录》，粟旺、李文俊译，中国对外翻译出版公司，1995，第 188 页。

② 王岳川：《后殖民主义与新历史主义文论》，山东教育出版社，1999，第 32 页。

的人生坎坷和周遭际遇，将小说文本作为历史书写的载体，建构自我的话语体系，强烈抨击统治阶层的虚伪和麻木不仁，为普通民众的利益呐喊，表现出强烈的政治意识形态。因此，哈勒的小说表现出新历史主义特征，试图构建一种不同于官方历史话语的话语体系，展现了现代沙特社会的另一种真实。哈勒"就像一个逐渐挖掘隐匿的破坏性的人，他记录了20世纪50年代和20年代阿拉伯国家普遍遇到的不幸，以及衍生出来的战争、口号、冲突、失望和反复，开始于纳赛尔时期、第二次中东战争、十月战争、阿拉伯统一梦想，直到海湾战争、科威特90年代被入侵，以及所有这些事件对于社会中个体和普通人的影响，尤其是那些参与到战争中经历过灾难的那些人，甚至那些没有经历过的人"①。

在小说《天堂喷出的火焰》中，哈勒以20世纪70年代沙特经济、社会转型为历史背景，讲述了吉达坑区居民为了改变自身经济窘境，纷纷进入宫殿的故事。70年代初，沙特通过阿美石油公司的国有化，逐渐掌控了国家的经济命脉，沙特从1974年到1985年进入了一个10年经济腾飞期。1974年之前，沙特经济发展缓慢，社会落后，国民收入较低。"沙特大多数人住在土房子里面，沙特许多地方和农村尚未通电，政府公务员工资每月仅仅几百里亚尔，许多人从事手工业，那时候人们尚未形成雇佣司机和保姆观念……除非在少数权贵和富人家庭。"②1973年第四次中东战争期间，沙特与其他阿拉伯OPEC组织成员国利用石油为武器支持了阿拉伯国家对抗以色列的战争，但同时造成了世界能源危机，石油价格由战前每桶不足两美元提升到1980年的35美元。石油带来的高额利润给沙特经济的发展注入了兴奋剂，沙特在短期内实现了现代化、工业化和城市化。"1972年沙特国内生产总值达到130亿里亚尔，1981年沙特国内生产总值达到3300亿里亚尔（非石油收入到达400亿里亚尔），政府财政充盈，财政结余达上千亿里亚尔，1972年达到100亿里亚尔，

---

① 萨玛希尔·达敏:《阿卜杜胡·哈勒的小说——一个对边际人开放的世界》,《格菲莱杂志》2011年第60期。

② 《九十年代的腾飞：经验和教训》,《利雅得报》, http://www.alriyadh.com/ 318484。

1981 年达到 2850 亿里亚尔。"① 对于这段历史，沙特无论是历史教科书还是官方媒体，都给予了较高的评价。

　　但是对于短期内实现的现代化、工业化、城市化以及社会转型等问题的反思声音却不多，这些声音大多被对这段历史的正面评价所淹没。官方历史话语的构建主要依据大量的社会经济指标，具有较强的客观性和权威性，但是这些数据忽略了对沙特普通民众的生存状况和精神状态的考察，学者们在摘取这些数据时往往有意无意地站在统治阶层的立场，宣扬政府对经济发展所做出的巨大贡献，具有明显的意识形态的痕迹，对于沙特经济发展中出现的问题，如过度依赖石油、工业发展体系畸形等，以及过度的城市化所带来各类社会问题，如文化不适、断层和社会道德沦丧等问题，或视而不见，或避而不谈，或谈而不论。萨马希尔在评价哈勒作品时指出："毫不夸张地说，哈勒是最强悍的抗争者，他肩负起被压迫者、边缘化的人物、意志和权利被剥夺者的忧愁，构建了与虚伪历史和遗产斗争的集体意识。"②

　　哈勒将《天堂喷出的火焰》置于 20 世纪 70 年代转型中沙特社会历史框架下，摒弃了官方历史数据叙事，从小人物塔里克的视角重新塑造沙特吉达社会的这段历史，发掘被官方历史所忽略、所掩盖的边缘化历史，以小说文本为依托，积极参与到社会话语的重塑和意识形态的建构当中。在哈勒看来，历史书写中忽略了小人物的存在，"历史书籍中这些人物形象不多，几个世纪以来，他们是构成事件的基础，散布在各个事件当中，但在历史书写中，他们是缺位的……历史不会记得战马，而小人物就是这些事件的战马，历史不会记得他们"③。

　　与主流社会历史话语不同，哈勒在小说中在对转型中吉达社会的描

---

① 《九十年代的腾飞：经验和教训》，《利雅得报》，http://www.alriyadh.com/ 318484。

② 萨玛希尔·达敏：《阿卜杜胡·哈勒的小说——一个对边际人开放的世界》，《格菲莱杂志》2011 年第 60 期。

③ 《阿卜杜胡·哈勒热爱街区》，《阿拉伯国际经济报》，http://www.aleqt.com/2009/05/01/article_ 100816.html。

述，使读者看到了大批喜人的经济数据背后普通民众的无奈和悲凉，以及政府机构的腐败、弄权和不作为。在吉达海边掀起大规模围海造地期间，海岸被吉达市长不公平地分成若干份，他所代表的吉达政府在未征得渔民的同意之前就将海滩分割出去，大批优质的海滩被圈禁起来，成为权贵富豪们的私有财产。在小说《犬吠》中，哈勒概括性地描述了这一社会变迁，"飞机驶向沙拉姆·艾卜哈尔海岸，在那里，巍峨的建筑占据了蓝色的大海，人们看不到海岸，大海成了有钱人、小偷和中间商的私有财产，大海不再呼吸，渔民们也没有机会出海打鱼挣取微薄收入"（犬吠：74）。

渔民们拿着世世代代传下来的地契跟政府理论时，政府故意避开海滩产权的问题，而是提出"先占先得"的原则，于是渔民彻底失去了剩下的海岸，他们不得不放弃祖祖辈辈打渔的生计，而那些与政府决议相抗争的渔民，要么被建筑商的拖拉机碾死，要么惨死在大海上，要么被投入监狱，孤独终老。在童年的塔里克看来，围海造地使他们失去了儿时玩耍的乐土，大量建筑废料堆积在大海之中，对孩子们在大海中游泳构成巨大的威胁，没有人树立警示牌，或派遣专人负责清理被破坏的海滩。

在鸡瘟事件中，农业部门负责人贾利利拒绝发放抗病疫苗，导致鸡瘟迅速在街区蔓延，到处都是死亡的家禽，贾利利为了转移人们对政府部门的不满，将家禽死亡归咎于不讲卫生的塔里克，而没有为改变街区状况做任何实质性的努力。哈勒试图借助小说内在话语体系，展现政府行政部门腐败、弄权和不作为的一面。

在瓦利德破产事件中，瓦利德靠自己的辛劳发家致富，但尔萨借助宫殿主人的势力几天之内使瓦利德破产，精神崩溃，而他其中一位妻子玛利亚也因受牵连而锒铛入狱，没有经过任何合法的司法程序。塔里克同样凭借宫殿主人的势力，将毒贩亚希尔从监狱中救出。在金钱和权势面前，法律只不过是一纸空文，司法公正变成了天方夜谭。

在沙特股市崩盘事件中，宫殿主人拜克尔和他的团队掌控着股票的升降，在拜克尔看来，股民是他豢养的一群随时待宰的羔羊。股市的崩盘使无数股民的财产化为泡影，尔萨的上亿财产一夜之间全部蒸发，股票成为抽干股民财产的一剂猛药。在小说第三部分中，作家哈勒出示了一份来自政府部门的秘密报告，"国家因为贩毒势力抬头而受到巨大的震荡，他们属于基地组织的恐怖分子，目标是摧毁政权，与之相对的是，大量的金钱在国民手中，部分人同情基地组织，以慈善的形式捐献资助这一趋势，最后钱都流到了毒贩手中。建议采取有效途径来吸干国民手中的钱，让他们看到集中爆炸事件的危害性"（天堂喷出的火焰：389）。这份报告部分解释了沙特在 2006 发生股市崩盘的原因，具有浓厚的阴谋论的味道。现实生活中的哈勒在这次股市崩盘中蒙受了巨大的经济损失，由此促使他特别关注这一事件，为他的小说创造积累了丰富的素材，同时也展现了股市崩盘人为性和政治性的一面。

哈勒以小说为载体，依靠残存的历史文献和记忆，以期全面客观地还原 20 世纪 70 年代至 21 世纪初沙特的社会风貌。小说作为一种虚构的文学创作，其本身具有一套独立的话语和逻辑体系。哈勒基于个人的历史记忆和掌握的文献资料，将断裂的、个体感悟的历史叙事焊接成为客观的、具体的、连续的叙事，充分利用了文学与历史、前景与背景的互文关系，从而将小说文本与历史话语相融合，使历史真实与文学虚构在小说中并现，虚实结合。哈勒以小说重新还原那段即将被人遗忘的历史，激发人们对历史的理解和认知，以自己的话语来积极参与社会集体意识的建构。

在小说《犬吠》中，哈勒以海湾战争和也门新兴国家民主会议为背景，讲述了战争对人类社会生活的影响和破坏，以及阿拉伯国家民主的虚伪和实现道路的曲折性。对战争的描述，"历史学家只关心历史事件和数字，只关注与表面现象，而小说看到了战争，还看到在小环境中的个人具体细节，以及由于失去保证的家庭的坚持、饥饿和裸露"①。而哈勒摒

---

① 萨玛希尔·达敏：《阿卜杜胡·哈勒的小说——一个对边际人开放的世界》，《卡菲莱杂志》2011 年第 60 期。

弃了历史教科书式的战争数据的堆砌，也没有讲述海湾战争期间的历次重大战役和战士们在前线英勇杀敌，视死如归的场景，而是以少年叙述者"我"的视角，观测海湾战争对吉达居民社会生活的影响和破坏，深入阐释战争的残酷性和对交战双方普通民众命运的愚弄和摧残。阿拉伯民众作为社会普通的个体存在，他们毫无选择地被无辜卷入战争的漩涡，他们对战争无知，更无法改变自己的未来命运。哈勒以小说文本对历史进行重新阐释，批判政客们为了达到自我政治目的而盲目发动战争的恶劣行径，从而进一步批判阿拉伯国家政治生态的异化和政治体制的残缺。

海湾战争期间，萨达姆威胁以化学武器进攻海湾国家，吉达居民每天都生活在恐惧和不安当中，他们想尽各种办法来抵御化学武器的进攻，于是胶带变成了热销的产品，人们闻所未闻的防化服也进入了人们的视野，甚至哈米利穿着防化服去清真寺做礼拜。沙特著名电视节目主持人苏莱曼·尔萨在电视节目中情绪激动，抽打自己的脸，努力克服自己的恐惧，但恐惧却通过电视传到了每一个人的心中。"历史上从未出现这种震惊所有人的事情，仅仅因为一个人的话，苏莱曼是获此殊荣的第一人"（犬吠：87）。人们时刻担心萨达姆军队的空袭，大量的飞机驶过人们的头顶，"警笛声令人心跳加速，我们所有人都把毛巾放在嘴边，睁大眼睛，死亡流淌在我们的血管中，父亲赶紧关好窗户熄灭灯火，我们弟弟们躲在母亲的怀里寻找安全感，她嘴里念着祈祷词，摸着孩子们的头，擦拭着泪水"（犬吠：88）。在哈勒所构建的话语体系中，战争不再是简单的数字堆砌，不再是政客彼此之间的成王败寇，而是一部普通民众的恐惧史、屈辱史、毁灭史。无论是战争的发动还是演变，亦或者是战争的结束，普通民众自始至终就是被动的承受者，没有人为他们的利益呐喊，他们没有自己的话语，更没有任何权力。战争给无数阿拉伯家庭带来了巨大的灾难，无论是发动战争的国家还是被侵略的国家，普通民众没有参与战争的发动，却必须为战争的恶果买单。穆哈欣中士在解放科威特战争中牺牲，政府没有给穆哈欣的家庭任何补偿，妻子只能靠卖淫维持家庭的生活开销。为了捍卫家庭的尊严，少年哈勒的父亲买了一把冲锋枪，准备随时与萨达姆的军队同归于尽。在吉达生活的也门侨民响应也门政府的号召，毅然离开他们生活了几十年的吉达返回也门，然而也门政府并未给他们提供任何就业机会，他们大多挣扎在死亡的贫困线上。他们部分人被迫偷偷潜回沙特，找当地人作担保①，过寄人篱下的生活，但许多人在返回吉达的途中客死异乡。部分人选择留在也门，继续与贫穷作斗争，少年哈勒的女友娃法就是在这一期间发生了人生的蜕变，彻底变成了一名职业妓女。海湾战争还造成大批伊拉克难民大量涌入各地，忍受着痛苦和恐惧。

　　哈勒通过儿时"我"的视角还原了海湾战争期间吉达的生活风貌和人们的社会心理，以小说内在自律的话语体系对阿拉伯国家的战争进行声讨，构建了自我的历史观和战争观。哈勒将小说话语融入到历史话语体系之下，模糊了两者的界限，虚构中有真实，真实中存在着虚构，使小说描述的社会风貌更具真实感，实现了对文学文本的历史化叙述。

　　也门召开的新兴国家民主会议是小说《犬吠》的另外一条主线。作为编辑的"我"被安排参加民主会议，参会的目的不在于探讨如何实现阿拉伯国家的民主，而只是去凑人头。阿拉伯国家的民主会议从一开始就表现出敷衍和例行公务的特征，阿拉伯人尚未形成强烈的民主意识，哪怕是报社主编，他的民主意识依然是淡漠的，他只关心有人代表报社参加会议，至于会议的议题和内容则不是其关心的重点。会议召开前夕，也门政府派遣大量的工作人员陪同与会代表在萨那游玩，人们并不关心会议的主题，在哈勒和埃及夫妇法鲁斯之间发生的争吵，尽管一开始在探讨民主，然而很快话题演变成双方的谩骂，对彼此国家的政治制度、重大决策、伊斯兰原教旨主义甚至个人进行攻击，以自己的观点和声音压制对方的声音，这些民主代表的行为与倡导的民主构成颇具讽刺性的悖论。民主会议期间，也门政府派遣大批军队列队在道路两侧，防止普通民众和恐怖分子潜入会场，以保护民主会议的顺利召开。与会代表中

---

　　① 海湾战争期间，沙特政府颁布法令，规定外国人在吉达生活，必须有当地人作担保。

包括了各国政要、企业代表、新闻代表等，但是却没有普通民众的代表，所谓的民主变得形同虚设。马拉松式的会议反复重复着"公正、平等、思想自由、宽容、对话、发展、改革、妇女"（犬吠：219）等，所有人都对会议感到无聊，"会场大屏幕上播放着坐在圆桌前的领导人的形象，他们表情极度疲惫厌烦，脸色阴沉、造作、皱着眉头，他们大多数人都在聊天，……当他们的样子出现在大屏幕上的时候，全都假装认真听，他们改变自己的行为并假装认真听显得十分不自然"（犬吠：219）。

　　阿卜杜胡·哈勒作为沙特《欧卡兹报》的主编，将小说《犬吠》置于1999年7月召开的也门新兴国家民主会议①框架下，以媒体人"我"的视角，将自身的亲身经历融入到小说的创作当中，重新解读这场长达数年的民主会议的闹剧。哈勒将自身经历和历史考察带入文学创作，呈现出小说文本与历史之间的互动性。哈勒的小说以文本内在的话语体系展现了文学话语与权力政治之间的关系，暴露了阿拉伯国家民主政治的虚伪性和民众民主意识的淡漠。2011年爆发的"阿拉伯之春"在短期内蔓延至也门，阿拉伯民众将前总统萨利赫赶下台，这无情地揭下了也门民主会议虚伪的面纱。同时也门新兴民主会议这一历史事件始终控制着小说故事情节的延展，为小说故事情节的发展搭建了历史平台。因此，哈勒的小说扎根于社会历史现实，是社会政治和意识形态作用的产物，同时也以其文本话语积极参加社会思想和意识形态的构建。

　　哈勒将海湾战争和也门民主会议两条故事线索彼此交织，将历史事件与社会现实相结合，将历史事实与与文本话语相结合，在小说的虚构中展现历史现实，在历史真实中展现小说文本话语，虚实结合，在亦真亦假中凸显小说历史叙事的真实性，以构建的小说文本话语体系积极参与到改造阿拉伯人思想认知和意识形态的进程当中。

---

① 《阿里·阿卜杜拉在新兴国家民主会议上的讲话稿》，也门总统办公室国家信息中心网，http://yemen-nic.info/presidency/detail.php?ID=5927&phrase_id=1405242。

第二节　历史的颠覆与建构

在新历史主义看来，历史从时间顺序表中摘取事实，然后将此作为特殊情节结构而进行编码，其本身便是一种同小说一样的虚构。因此，历史并不具备所谓的已知性、客观性和真实性。①

"人们对现实、对历史的认识已经不再建立于'逻各斯中心主义'的自信之中，人们开始相信，现实与历史只不过是一种显现，不过是一些自圆其说的看法的相互作用。因此，历史不再是一成不变的过去的事件，而成了与历史编写者的意志、态度、叙事方式密切相关的一种文本。"②因此，新历史主义颠覆了正统历史观的权威性和客观性，还原了历史书写的"产生机制"。因为历史文本与历史存在有着本质上的区别，历史文本是对过去历史的书写，而历史存在是客观发生的，不以个人意志为转移，这契合了马克思历史唯物史观。但是在历史文本书写过程中，不可避免地存在着历史学家个人的思想、政治立场和意识形态，服务于特定的政治、经济和文化利益集团，因此正统历史文本所标榜的客观性、真实性就大打折扣了。

人们不可能重新体验过去的历史事件，即使经历过部分历史事件的人，作为社会的个体也不可能掌握历史存在的全部，因此小说文本以其构建的小写的历史还原了历史存在的另一种真实。哈勒在小说创作过程中，在尊重历史存在客观性的同时，不再以权威正统的历史作为标杆，而是专注于小写历史话语的书写，这也成为哈勒小说历史书写的模式。

哈勒的历史书写大多以 20 世纪 60 年代到 21 世纪初的历史为背景，试图还原那段"尚未风干的历史"。《死亡从这里经过》讲述了转型之前

---

① 凌晨光：《当代文学批评学》，山东大学出版社，2001，第 179 页。

② 凌晨光：《历史与文学——论新历史主义文学批评》，《江海学刊》2001 年第 1 期。

的沙特农村社会，贫穷、落后、愚昧和逆来顺受成为黑村居民的典型特征，他们成为沙特南方农村定居居民的真实写照，而广大非定居贝都因人的生活则更为艰辛。《犬吠》和《食草都市》则以海湾战争为背景，讲述战争对人类社会的破坏。《"淫乱"》和《天堂喷出的火焰》以转型前后的沙特社会为背景，分别讲述了劝善戒恶委员会对沙特普通民众人生命运的摧残以及专制政权对人性的扭曲和破坏。哈勒将这些小说置于宏大的历史框架下，影响着小说情节总体发展脉络，同时依据自己掌握的历史文献和个体经历，在一定程度上颠覆了正统权威历史书写，从小人物的视角对这段历史进行模仿和改写，使小说文本历史化，展现了具有虚构特征的小写历史的客观性和真实性的一面，小写的边缘化历史便成为哈勒小说历史书写的主题元素。

在小说《天堂喷出的火焰》中，哈勒摒弃了传统主流历史话语叙事，不再像历史学家一样关注重大的历史事件本身和部分具有象征性的历史数据，而是从小人物的视角关注 20 世纪 70 年代转型中的沙特社会至 21 世纪初的这段历史，呈现出一种小写的历史叙事，颠覆了沙特传统主流的历史观。从现存历史数据来看，沙特在 20 世纪 70 年代依赖石油工业实现了经济的现代化和城市化，创造了现代经济奇迹，但是历史宏大叙事往往展现社会现象光鲜的一面，具有明显的政治倾向和意识形态的痕迹。哈勒从小人物叙事视角解构了官方历史的宏大叙事，对沙特经济的现代化和城市化进行反思，构建了小写历史客观真实的一面。

在沙特实施石油国有化之后，政府组织实施了大规模的经济基础设施建设运动，大量的热钱拥入吉达，给当地经济的发展注入了一支强心针，但是其副作用很快浮出水面。一大批依附权贵阶层的人在短时间内集聚了大量社会财富，晋为社会新贵，他们具有勤劳致富的一面，但更有社会破坏性。他们为了实现自己的个人利益，不惜与政府人员合谋侵占渔民们的私产，哪怕渔民们拿着祖传的地契来政府申诉，政府人员仅仅以先占先得的原则堂而皇之地转嫁了社会矛盾，渔民们丝毫不能捍卫自己的个人的私有财产，反而连自己剩下的海滩也被新贵们占领。在鸡瘟事件当中，政府人员出于各种原因没有及时向街区居民发放疫苗，人们对政府不作为普遍不满，但是吉达市长却坚称主人公塔里克给街区带来了瘟疫，转移人们的注意力，让一个与这一事件毫无关系的孩子为政府的失职买单。在这场现代化运动中，一批没有任何社会背景的人也加入到富豪的行列，他们搭载城市化的浪潮实现了发家致富。这些人来自于社会底层，他们一旦与权贵阶层的利益产生矛盾，其结果只能成为像瓦利德·韩柏什一样人财两空，住进精神病院。

在哈勒构建的现代化进程当中，政府不再是经济的有效推动者和组织者，而是变成社会利益的分割者和社会矛盾的转嫁者，他们不想也不愿意成为普通社会民众的代言者，因为他们在这场浩大的经济运动中也希望分得一杯羹，实现政府利益的最大化，而不去考虑如何有效地解决社会矛盾，最终牺牲了沙特普通民众的利益。

哈勒不仅激发了人们对沙特现代化这段历史的再认知，建构一段全新的沙特现代化进程史，而且改变了人们对于瓦哈比主义思想统治下沙特保守社会历史的看法，显出对主流历史观念的反叛，关注被史学家、政客甚至普通民众所忽略的小写历史，积极参与到沙特社会历史和意识形态的建构。

"瓦哈比主义倡导穆斯林大众信仰唯一的真主——安拉，反对任何形式的偶像崇拜，并认为拜主独一……是判断一个人是否是穆斯林的关键"①，因此瓦哈比主义在根本教义上与伊斯兰原教旨主义有着天然的联系。但是任何社会、任何思想都有其局限性，主流的价值观念无法绝对改变个体的思想和价值观念，而且其思想被底层民众的接受程度也值得商榷。时下沙特现在许多年轻人戏称瓦哈比主义只存在于纳季德和利雅得，就是瓦哈比主义影响局限性的真实写照。在小说《天堂喷出的火焰》中，童年塔里克生活在 20 世纪 70 年代，现代沙特王国建立已有半个世纪，

①　马福德：《近现代伊斯兰复兴运动的先驱——瓦哈卜及其思想研究》，中国社会科学出版社，2006，第 86 页。

瓦哈比思想早已经上升至国家意志，深刻地影响到沙特人的社会生活。但是塔里克所生活的吉达街区的阴暗拐角处总是少不了醉汉、强盗和同性恋者的身影，哈勒向人们展现了这些社会弃儿不为人知的一面，在一定的条件下，他们随时可以转化为主流价值的捍卫者。

瓦哈比主义倡导伊斯兰宗教改革，改变了沙特阿拉伯半岛上多神崇拜的信仰状况，恢复了伊斯兰早期信仰的纯洁性和严肃性，提倡以伊斯兰创制①来适应现代社会的发展，但是瓦哈比主义在执行教法思想的时候过于教条化和严苛性，引来了许多阿拉伯学者的批判。埃及爱资哈尔清真寺伊玛目贾瓦德谢赫认为，"瓦哈比主义误导他人，甚至在否认他人"②，与此同时，爱资哈尔清真寺其他许多伊玛目也不同程度对瓦哈比主义思想进行批判。还有学者认为，瓦哈比主义的圣战思想在很大程度上与恐怖主义有着千丝万缕的联系。2016年11月，突尼斯宗教部长本·萨利姆在听证会上公开将恐怖主义的传播归咎于瓦哈比主义，尽管这些批判思想存在一定的偏差，但是也在一定程度上反映了瓦哈比主义在当下的不适和尴尬，哈勒在小说中或多或少地谈到了这一窘境。小说《天堂喷出的火焰》中，同性恋穆斯塔法晚年时期忏悔自己一生的过错，在伊拉克战场上引爆身上的炸药，成为年龄最大的伊斯兰圣战者。小说《"淫乱"》中，马哈茂德被劝善戒恶委员会以非法独处罪判处一年监禁，为了证明自己信仰的纯洁和虔诚，他毅然身赴阿富汗战场进行圣战，最终客死在了伊拉克。小说《犬吠》中，宣礼员易卜拉欣和留学生亚希尔都参加了阿富汗、伊拉克的圣战运动，为了躲避政府的追查和监禁，他们最终逃进也门的深山，在那里继续进行圣战活动。阿卜杜胡·哈勒的每一步作品几乎都有圣战者的形象，他在安排这一人物形象时并非刻意为之，而是尽量契合沙特社会现实。无论这些人进行伊斯兰圣战的目的何在，其结果或多或少都被打上恐怖主义的烙印，他们回国之后，受到来自政府

---

① 创制即制定伊斯兰教法，是中世纪伊斯兰法学家进行教法推演的基础方法。之后逐渐淡出了穆斯林视野，伊斯兰教法也逐渐走向僵化，伊斯兰社会日趋保守，直到近现代。

② 《瓦哈比教派基于误导他人》，马哈尔通讯社，http://ar.mehrnews.com/news/1865298。

的严密监控。这些伊斯兰圣战者身上具有双重身份，他们既是宗教的殉道者，也是恐怖主义的天然支持者。小说《天堂喷出的火焰》中，宫殿主人为了维护宫殿内部的社会稳定，在宫殿大门口设置重重关卡，目的就是要将这批圣战归来的沙特人拒之门外，预防发生恐怖袭击。

伊斯兰教倡导穆斯林要劝善戒恶，是伊斯兰教基本宗旨之一。在伊斯兰教看来，穆斯林遇到罪恶之事，应当挺身而出予以制止，"你们中谁见到不义，则当用手去制止之；若不能，则用口劝解；若再不能，则用心憎恶，这是最薄弱的伊玛尼了（信仰）"①。瓦哈比主义创始人穆罕默德·瓦哈比强调劝善戒恶原则对于维护穆斯林团结的重要性，他"坚持如果'心'和'手'不灵时，可以用剑"②。于是劝善戒恶成为瓦哈比主义进行宣教和维护统治的重要手段，沙特专门设置劝善戒恶委员会来规约人们的思想和行为。这一宗教警察机构在沙特主流舆论和媒体中更多以其积极形象出现③，但是哈勒在小说中消解了这一形象，还原出事物本来的双面性。哈勒在小说《"淫乱"》中，改变了劝善戒恶委员会宗教执法人员虔诚、温和、友善的形象，而是代之以专制、蛮横、邪恶的形象。嘉丽莱跟马哈茂德在海边兜风被劝善戒恶委员会的宗教警察抓住，马哈茂德随即声称自己一定要明媒正娶嘉丽莱，事实上他也这样做过，但是宗教警察却故意误导马哈茂德，令其承认与嘉丽莱发生性关系。在哈勒看来，"应该限制劝善戒恶委员会的权力，允许人们提出申诉，进行仲裁或判决，同时执法时应该公平"④，曾经一度实力强大的宗教警察无法真正以宗教的名义来执行伊斯兰教法，因为他们本身的素质制约着他们的执法能力和水平，其执法的结果往往导致青年男女的人生悲剧，

在这部作品中，哈勒还做出了另外一种假设。世俗警官艾曼接待了

---

① 穆斯林·本·哈查吉：《穆斯林圣训实录全集》，余崇仁译，宗教文化出版社，2009，第15页。
② 马福德：《近现代伊斯兰复兴运动的先驱——瓦哈卜及其思想研究》，中国社会科学出版社，2006，第140页。
③ 近年来由于多起流血事件的发生，劝善戒恶委员会的社会形象已经不佳。
④ 《名誉是一种对劝善戒恶委员会的控诉》，《欧卡兹报》，http://okaz.com.sa/article/1023624。

一对情侣，他们各自拥有自己的家庭，但他们的婚姻并非出于自己的主观意愿，而是由父亲一手安排，每天都生活在痛苦当中。劝善戒恶委员会的宗教警察以私通罪处罚他们，但是警官艾曼却通过其渊博的法律和宗教知识令劝善戒恶委员会的高级警官①无言以对，只能以命令的口吻要求艾曼执行命令，最终艾曼成功帮助二人逃脱了宗教法律的制裁。宗教警察与艾曼的辩论中之所以失利，是因为艾曼以共知的伊斯兰教法原则来批判宗教警察的执法犯法和执法的荒诞。哈勒借此表明，劝善戒恶委员会的宗教警察不但不能有效地代表伊斯兰教劝善戒恶，维护社会思想的稳定，而且破坏了人们的正常价值理念，压制了男女之间正常的心理需求，成为社会关系的破坏者和终结者。

在小说《天堂喷出的火焰》中，尽管宫殿的生活奢靡、污浊、缺乏人性和道德，但是劝善戒恶委员会的触角却不会也不愿意触及宫殿内部的生活。在这个独立的封闭王国当中，劝善戒恶委员会始终处于失语的状态，哈勒甚至借此进一步解构了劝善戒恶委员会存在的合法性。

正是有一批像阿卜杜胡·哈勒一样的知识分子的奋力抗争，改变了沙特对劝善戒恶委员会正面的固化认知，还原了劝善戒恶委员会在历史发展过程中被人们所忽略的真实的一面，使人们对劝善戒恶委员会有了一个较为公正、客观的评价。在我们今天，无论是沙特社会上层还是底层社会，人们都对限制和规范劝善戒恶委员会的执法行为基本达成共识，2016年4月，沙特大臣委员会颁布新的法律，全面限制劝善戒恶委员会宗教警察的执法行为，"劝善戒恶委员会的领导及其成员无权要求个人止步、停留或对其驱逐，无权要求其出示身份证件，核实其身份或实施跟踪，这些属于警察和反毒品管理局的权限"②。这一法律的颁布事实上对哈勒小说中出宗教观和宗教行为扭曲的一种积极现实回应。

因此，阿卜杜胡·哈勒以小说文学虚构的形式挣脱了传统历史观念、

---

① 高级警官往往是由一些具有渊博的伊斯兰宗教知识的宗教人士担任。

② 《沙特限制劝善戒恶委员会权限和职能》，《阿拉伯报》，http://www.alarab.co.uk/?id=77775。

社会主流价值观和道德观以及主流话语体系的束缚，以其构建的话语体系瓦解沙特主流的宗教价值观念，试图改变沙特国内对瓦哈比主义的主流历史观念，还原其本身所具有的另外一种被忽略的客观现实。哈勒反对主流的权威历史观念，小说话语的解构性使其叙事上升为对政教合一体制下沙特社会历史观念的反驳，改变沙特人对劝善戒恶委员会的刻板印象。哈勒以其人文道德关怀，触碰到沙特历史观念和社会制度深处，对沙特社会体制和社会发展历程进行深入的剖析和反思，积极参与到社会意识形态和思维模式的建构中。

第三节　历史的文学性和文学的历史性

在新历史主义看来，历史文本不是客观的、权威的、线性的叙事，而是像文学文本一样掺杂着编者的知识结构、主观意象和意识形态，是周围社会文化影响下的产物。因为人们不可能重新经历过去的历史，也不可能掌握历史的全部，哪怕对那些亲身经历过历史事件的人而言，他们所了解的历史也只不过是个人史，具有强烈的个人色彩。因此，要了解过去的历史，就不得不参照遗存的历史文献资料。但是历史文献作为一种文本，自始至终都带有历史编写者的个人印记，与文学文本一样同属于一个语言符号系统，所编写历史构建的所谓的宏大、客观、权威叙事就失去了合理化基础，因此，历史具有文学性。

在海登·怀特看来："不论历史事件还可能是别的什么……都不再是可以直接观察到的事件……它们必须被描述出来……描述是语言的凝聚、置换、象征和对这些做两度修改并宣告文本产生的一些过程的产物。单凭这一点，人们就有理由说历史是一个文本。"[1]

---

① 海登·怀特：《新历史主义：一则批评》，载王逢振主编《最新西方文论选》，漓江出版社1991，第 400~500 页。

在大写的权威历史看来，详实的历史数据足以支撑历史文本的客观性和权威性，成为人们共识的客观历史事实，但是这些所谓的客观史实却往往夹杂着编者的自我意识和政治立场，其客观性就值得推敲。2008年沙特对外新闻总局刊发《沙特阿拉伯王国有关问题介绍》一书，作者以较为详实、客观的历史数据简述了沙特在司法、行政、王位继承、妇女和外籍劳工权益等问题上的原则和立场，以及这些问题在沙特国内的历史演变，因此该书可以被认为是关于沙特部分问题的简史。尽管作者在历史编写过程中力图客观公正地反映现实，但在对部分问题阐述过程中过于暧昧，或多或少地流露出编者的自我的政治立场和价值取向，具有浓郁的意识形态色彩。在新历史主义看来，类似的官方历史文本与文学文本一样具有虚构性，这一方面解构了官方历史的客观性和权威性，另一方面为小说文本的历史介入搭建了一个有力的平台。

在阿卜杜胡·哈勒的小说创作过程中，他始终秉持着客观还原历史的创作理念。他像历史编撰者一样，凭借自我敏锐的个人体验和观察，将收集到的残存历史文献融入到小说创作当中，将小说置于近半个世纪沙特历史发展演变的框架之下，以某一主人公特定的观测视角，建构一部小写的沙特近现代发展史。

在关于妇女权益问题上，《沙特阿拉伯王国有关问题介绍》一书回顾了伊斯兰教对妇女权益的保护、沙特女性受教育程度的提高以及在各个社会领域沙特新女性的形象，力图改变人们对沙特女性形象的不良认知，起到正面宣传引导的作用。但是哈勒在小说《"淫乱"》中，以客观冷峻的笔法，描述了女性在家庭和社会生活中受压迫、失语的状态。警官哈立德在案件侦破过程中需要嘉丽莱的母亲来警局配合调查，尽管她很想来警局，但是在未征得丈夫同意的前提下，她断然不敢违拗丈夫的决定。即便她最终来到警局，也是在丈夫的陪同之下，其一言一行都必须受到丈夫的规约。沙特女性在家庭生活中的失语状态由此可见一斑。在哈勒的笔下，与嘉丽莱母亲形象相似的人物有很多，可以说，嘉丽莱的母亲是沙特妇女在家庭和社会生活中形象的典型代表。许多阿拉伯史书在介绍妇女权益时，大量引用伊斯兰宗教经典——《古兰经》和《圣训》中关于宗教对于妇女的保护章节，但是却没有涉猎女性真实的生活状态，以及与宗教经典之间的天壤之别及其深层原因，此类书籍所谓的历史客观性自然大打折扣。而哈勒以小说文本为载体构建的历史话语，尽管属于一种小写的历史，但是却真实客观地反映沙特社会现实，以其内嵌的话语体系冲击着主流权威的历史书写。

俄国著名的东方学家阿列克谢·瓦西里耶夫在《沙特史——从19世纪到20世纪末》一书中详细介绍了沙特"石油经济"的繁荣，对沙特70年代石油经济的繁荣、80年代经济建设和财政赤字、90年代海湾战争等历史问题有着不同程度的阐述。作为俄国著名的阿拉伯和非洲问题专家，瓦西里耶夫在论述沙特历史问题时更加客观公正，所引用的历史数据真实可信。但他在论述沙特70年代"石油繁荣"期时，出于各种原因，对掌握的历史数据筛选也存在偏颇之处。由于历史数据之间所构建的隐喻与历史编撰者个人价值观念和政治倾向有莫大的联系，具有一定的意识形态的色调，编者自然无法看到石油经济的繁荣与沙特普通民众财富的实际支配能力之间的严重倒挂，对高速的基础设施建设给沙特底层社会造成的危害估量不足。在小说《天堂喷出的火焰》中，哈勒挖掘普通史学家或视而不察或视而不屑的边缘化历史，为处于社会底层的沙特民众代言，书写小人物在这一历史发展时期的小写的历史。哈勒以孩童塔里克的视角观察吉达海岸的变迁，讲述沙特吉达在"石油繁荣"期大规模的经济建设活动。大海曾经是孩子们嬉戏的乐土，填海造陆项目使他们去海边游泳变成了一种奢侈的享受。渔民们逐渐失去了自己赖以生存的海岸，丧失了自己出海打渔的生计，哪怕拿着世世代代传承下来的地契去市政府申诉，也改变不了吉达市长法利斯的填海造陆计划，没有任何的经济和精神补偿，渔民们的权益就被政府随意剥夺。渔夫哈米德试图以自己的身体阻止拖拉机填埋自己栓船的口岸，结果被活活碾死。哈勒小说文本所构建的吉达这段历史深刻地展现了石油经济的双重性，沙特70年代的石油经济无疑给沙特经济和社会发展注入了一支兴奋剂，一方面刺激着基础设施建设呈现前所未有的大发展，另一方面牺牲了许多底层社会的基本利益，贫富差距拉大，阶级矛盾逐渐激化。哈勒基于个人经历和历史素材所构建的小写历史，尽管缺乏瓦西里耶夫这类史学家所构建历史的权威性，但是仍不失公正性、客观性和真实性。

在海登·怀特看来，历史具有文本性、虚构性，"历史作为一种虚构的形式，与再现历史真实的小说一样大同小异"①。但同时文学文本与历史文本一样也具有历史性和真实性。文学文本不仅是在特定历史语境下产生的，属于历史的一部分，同时文学文本与特定历史之间相互作用，能动地参与历史进程。"历史是一个延伸的文本，文本是一段压缩的历史。历史和文本构成了世界的一个隐喻。文本是历史的文本，也是历史和共时统一的文本"②

阿卜杜胡·哈勒在小说创作中，有意无意地将自己的文本置于特定的历史框架之下，使小说虚构故事事件中穿插历史事件，历史事件描述中融入虚构情节，虚构人物与现实人物生活在共同的历史场域，虚实结合，使小说文本呈现出现实性和历史性的特征。

1. 真实与虚构交织的历史事件

哈勒在小说创作中力图还原历史原貌，将虚构历史描述成可信逼真的历史，将个人的经历和体验融入到虚构事件的描绘中，在虚构事件中穿插宏大历史，在共知的历史事件中融入虚构元素，形成了历史事实与虚构故事的巧妙融合。

小说《犬吠》中，哈勒没有从正面战场描述海湾战争的残酷性，而是选取了战争后方居民的生活状态。海湾战争彻底打破了吉达人的生活模式。为了抵御萨达姆的铁骑和炮弹，吉达人纷纷购买各类战时必需品。即便是荒诞的谣言，人们也奉为圭臬，不敢有丝毫的怠慢。而小孩子们则既兴奋又恐惧，将战争娱乐化，辨别飞机类型和数量成为孩子们赖以

---

① Hayden White, Tropics of Discourse, the Johns Hopkins University Press, 1987:122.

② 朱立元：《当代西方文艺理论》，华东师范大学出版社，1997，第396页。

自豪的资本。

"恐惧从宏伟的宫殿中流出，流淌在沙特大街上，填到我们心里，由电视播放的如何预发化学武器而产生恐惧。每天随着四处的故事而愈发恐惧，我们的生活首要任务变成了如何抵御化学武器，这种大规模杀伤性武器"（犬吠：27）。海湾战争造成人心惶惶，无论是宫殿中的王公贵族，还是普通街区的平头百姓，都想方设法抵御化学武器的伤害。大批科威特难民拥入沙特，沙特各类电视台每天播放如何有效抵御武器爆炸的伤害，这些都进一步触动人们敏感的神经，可以说人们对战争的恐惧远远大于战争本身。

有谣言称萨达姆的军队强暴妇女，于是"我"的父亲买来机关枪以便抵御来犯的强敌。有谣言说胶带能够抵御化学武器的伤害，于是各类胶带成为吉达普通民众争先购买的商品，而防化服只能成为有钱人才能享受的奢侈品。以陶菲克为代表的许多商人在战争期间大发战争财，成为吉达社会的新贵，他们与吉达普通民众的矛盾因战争必需品的购买而日益突出。哈勒揭露了沙特社会阶级问题，哪怕是在战争的情况下，社会阶级的分化和矛盾无时无刻都在上演，人性的贪婪和无情被彻底暴露在日光灯下。哈密里害怕化学武器随时落到自己的头上，每天都穿着防化服出门工作，哪怕是去清真寺礼拜，他毅然坚守着自己的原则，最终因对防化服过敏得了皮肤病和鼻炎。

海湾战争是特定的历史事件，与萨达姆和以美国为首的联军交战，以及使用化学武器等事件一样都是中东地区重大的历史事件，而哈勒所描述的孩子们识别飞机型号、购置战时必需品、穿着防化服等事件，则半真半假，充满了许多虚构的情节，历史事件与掺杂虚构内容的街区事件融合在一起，填补了历史记忆中史学家所不想也不屑关注的历史空白，成为人们研究这段历史不可多得的史料。

同时需要谈及也门撤侨事件。由于也门政府支持萨达姆政权，与沙特政府支持的联军立场相左，也门总统说萨利赫号召也门侨民离开沙特返回祖国，而沙特政府也针对也门侨民设置多重限制，于是大批的也门人返回祖国，抛弃他们早已熟知的生活环境，返回他们陌生的故乡。在这一历史背景下，哈勒描述了娃法父亲谩骂沙特政府、少年哈勒在空袭中夜会娃法、哈勒随撤侨大军南撤被滞留在边境哨卡、侨民归国后生活艰辛、侨民返回沙特等事件，这些事件中许多是源自于哈勒自己少年的记忆和他的也门好友身上发生的故事，在真实的历史事件中哈勒虚构故事情节，在亲身经历的事件中哈勒添加部分道听途说而来的故事情节，将不同的故事串联在一起，重新编排，形成新的历史话语，展现了战争背景下也门侨民的不幸遭遇，构建这段被沙特和也门政府都忽略的历史创伤。

20 世纪 50~70 年代，阿拉伯国家受苏联、东欧以及中国等国家社会主义胜利的影响，马克思主义思想开始在阿拉伯国家传播，在许多阿拉伯国家建立社会主义复兴党，高举社会主义和民族主义的大旗，力图实现阿拉伯民族的复兴。埃及前总统纳赛尔作为这场运动的号召者和领导者，受到了沙特国内大批民众的支持和崇拜。年少的"我"从埃及老师那里了解到纳赛尔专政的一面，因此在父亲面前大肆贬斥纳赛尔，以炫耀自己知识的渊博，结果父亲拿起烟灰缸砸向他的脑袋，誓言绝不让"我"进家门，因为纳赛尔及其阿拉伯民族主义思想已经成为父亲这辈人的精神信仰的一部分。纳赛尔访问沙特期间，父亲跟其他人一起去夹道迎接他们的精神领袖，结果却遭费萨尔国王军队的拦截。随着电视的普及，特别是一些知名的阿拉伯电视台，如卡塔尔半岛电视台的出现，阿拉伯国家领导人开始褪去自己华丽的光环，显露出自己阴暗的一面，于是哈勒的父亲心灰意冷地将他钟爱的两位领导人——纳萨尔总统和费萨尔国王的头像丢进阴暗的拐角处。

哈勒将阿拉伯国家的民族主义运动和个人崇拜问题、纳赛尔访问沙特、阿拉伯电视媒体的发展聚焦在家庭视域，将家庭琐事与这些重点历史事件融为一体，混淆了宏大历史和家庭历史之间的界限，重大历史事件影响着家庭历史发展的轨迹，影响着父亲的世界观和人生观，而家庭历史的变迁又成为重大历史的补充，成为了解宏大历史的观测点。

可以说，哈勒在宏大的历史叙事框架下发掘那些被官方历史所淡忘的偶然性的、个性化的、小众的历史事件。将权威历史具体化、世俗化，夹杂在虚构的小说文本的世界中；将虚构出来的小写的历史镶嵌在宏大的官方历史中，使读者无法分清或者根本无须分清哪些历史是虚构的，哪些历史是真实的，似乎那些虚构的历史更易被读者所感知，更加真实可信。

2. 历史人物与虚构人物的共生世界

哈勒的小说人物繁多，人物名称大多有据可循，有熟知的历史人物，有哈勒身边所认识的人物，也有完全虚构的人物。这些人物在一起共同上演着一部历史话剧。哈勒将小说文本历史化，使历史人物和虚构人物共同生活在特定的历史环境下，因为虚构人物身上发生的故事必然处于一定历史框架之下，历史人物在一定的场合下也必然会接触到其他普通虚构的人物，所以在哈勒的小说中虚构人物和历史人物相互补充，彼此交织，不仅使小说人物更加真实可信，栩栩如生，也使小说的故事情节发展在一定历史语境下延展，更加曲折而富有理性。

小说《犬吠》涉及也门前总统萨利赫在 1999 年召开新兴国家民主会议这一历史事件。会议期间，作为报社编辑的"我"收到来自也门著名作家瓦基迪·艾哈戴勒的便条，"也许你不认识我，但是我听过你的名字，我和我的朋友来看你，我们之后会联系你"（犬吠：199）。之后双方建立文学友谊，瓦基迪将哈勒带到文学俱乐部，向其介绍了其他也门知名作家，还特意带哈勒拜访也门著名诗人阿卜杜拉·巴尔杜尼。哈勒将自己部分人生经历浓缩在小说《犬吠》当中，哈勒所描述的人物，如作家瓦基迪以及诗人巴尔杜尼等，这些人物都是社会现实中的人物，而"我"本身就是作家哈勒原型的演绎，是小说虚构的人物，哈勒这样书写使小说文本披上一层现实的外衣，给部分读者留下亲切感。同时，哈勒还虚构了伊拉克作家穆罕默德这一形象，他之所以逃避伊拉克，并非因为逃避战争或萨达姆政权的迫害，而是因为逃避爱情，这改变了人们对海湾战争后流落异乡的伊拉克人的刻板印象，开拓了人们对于这一问题的视野。伊拉克作家与其他也门文学家共同生活在也门的文学俱乐部，虚构人物与现实人物交织，亦真亦假，亦实亦虚，使小说呈现出浓郁的现实主义的韵味。

作为报社编辑的"我"在萨那宾馆还巧遇了非洲某国领导人。由于不小心差点撞到他，因此他的保镖们将"我"高高举起，像要猴一样戏弄了"我"一番。而正是这位总统在电视屏幕跟前大谈非洲的民主和进步，举止文雅。哈勒虚构了这一非洲领导人的形象，凸显其对他人尊严的蔑视和政治虚伪的一面，具有较强的政治意味，哈勒借此来讽刺阿拉伯国家举行的民主会议的荒诞性。

在民主会议的闭幕式上，各国领导人纷纷上台演说，探讨公正、平等、自由、宽容、对话、发展和改革等议题。但是马拉松式的会议令在场的所有人都感到厌恶。也门前总统萨利赫尽管假装认真在听报告，但是仍然抑制不了内心的压抑，一位部长单刀直入地说："甚至总统都感到憎恶……他自己召开的会议，如果想要专政起来，就会把这个马拉松会议结束"（犬吠：221）。也门文化部长对电力部长开玩笑，让其下令断电，以便结束这次会议，电力部长只能无奈地说自己害怕被总统停职。当美国前国务卿希拉里·克林顿的形象出现在电视屏幕上时，哈勒的朋友阿联酋记者欧麦尔兴奋地说："要是阿拉伯领导人都是女的，那么我听一天都没问题……你听这张脸说话，比听那些阴沉的脸说话要好得多"（犬吠：223）。哈勒将现实人物也门总统萨利赫及其部长们、美国前国务卿希拉里、虚构人物编辑"我"和阿联酋记者欧麦尔杂糅在一起，使小说描述更加丰满、真实，给读者以更为直观的认识，从而引发读者对阿拉伯国家历次民主会议的反思。

海湾战争期间，沙特著名电视节目主持人苏莱曼·尔萨在主持电视节目时突然无法控制自己的情绪，神色紧张，不停地抽打自己的脸①，声称发射炮弹了，在稳定情绪之后，他说："危险威胁着沙特的每一个角落，

---

① 阿拉伯人在惊恐、后悔的时候常常抽打自己的脸。

所有人都要小心"（犬吠：87）。苏莱曼的举动搅动着无数家庭紧张的神经。随后巨大的警笛声音促使大家纷纷离开电视机，惊恐万分地躲避起来。"警笛声令人心跳加速，我们所有人都把毛巾放在嘴边，睁大眼睛，死亡流淌在我们的血管中，父亲赶紧关好窗户熄灭灯火，我的弟弟们躲在母亲的怀里寻找安全感，她嘴里念着祈祷词，摸着孩子们的头，擦拭着泪水"（犬吠：88）。少年哈勒趁乱跑到娃法家门外，因为他希望跟娃法死在一起，但处于恐惧中的娃法没有听见哈勒的敲门声，他被迫回到家。在这一段恐惧叙事当中，尽管苏莱曼没有跟哈勒一家生活在一起，但是借助电视媒介却又深刻地影响着人们的生活。哈勒一家作为虚构的家庭，跟娃法一家一样，都是在战争阴霾下痛苦挣扎的吉达普通家庭的代表，警笛声促使父亲快步熄灯、母亲诵念祈祷词流泪、孩子们蜷缩在母亲怀里、少年哈勒出门寻找娃法，在战争恐惧的笼罩下，无论是社会上层还是底层，人们每时每刻都经受着战争的煎熬。这一段战争描述淋漓尽致地展现了电视主持人苏莱曼和哈勒一家人的内心思想和波动，阿卜杜胡·哈勒借助少年哈勒一家看电视的场景揭开了海湾战争这段历史灰暗的一角。虚构人物与历史真实人物相结合，使读者感到小说文本犹如历史书籍一样真实可信，给人以巨大的历史冲击，激发人们的历史记忆，成为历史叙述的一部分。

3. 小说文本的历史影响

在新历史主义看来，文学文本与历史的关系并非简单的"背景"和"前景"的关系，而且文本本身就属于历史的一部分，在某种程度上文学文本以其历史书写的特征影响着历史的发展进程，以下将从劝善戒恶委员会、妇女权益以及小说创作热潮三个方面考察文学文本的历史影响力。

首先，关于沙特的劝善戒恶委员会的问题。劝善戒恶委员会作为沙特宗教权力的延伸，是沙特宗教势力干预世俗生活的典型代表，在很大程度上起到引导和维护社会主流价值观的作用，是维护国家政权的工具。由于劝善戒恶委员会过于干预世俗生活，加之宗教警察执法素质参差不齐，这一宗教权力机构近年来因此备受诟病。哈勒在多部小说中从不同侧面深度挖掘这一权力机构对普通民众社会生活的破坏，对权贵阶层奢侈淫乱的纵容和漠视，揭露世俗权力和宗教权力之间的冲突与矛盾，该机构最终演变成沙特社会的鸡肋。以哈勒为代表的一批知识分子对这一宗教权力机构的批判是尖锐的，甚至有些极端，但最终促使沙特大臣委员会立法限制该机构行使权力。

其次，关于沙特妇女权益问题。哈勒在小说中成功描述了诸多典型的女性形象，如塔里克的姑姑海丽雅、女友泰哈尼、嘉丽莱的母亲等，这些人物有施暴者，也有受虐者，但总是无法脱离男权社会下女性"他者"地位，她们普遍成为社会的弱者。塔里克的父亲过世后，海丽雅霸占了弟弟的房产，处处为难少年塔里克和母亲，甚至故意磕掉了塔里克母亲的舌头喂猫，塔里克成年后，她不仅失去了自己的舌头，甚至丧失了起码的人身自由。女性在家庭生活中无论如何强势，都无法改变自我边缘化地位，成为男性权力的附庸。泰哈尼失去贞洁之后，父亲以维护家族荣耀的理由杀死自己的女儿，没有征求任何人的意见，也没有告诉任何人，甚至泰哈尼临死之前都不知道自己的父亲要杀死自己，每逢妻子问及女儿的去向他总是拳脚相向，妻子在他临死之前才知道事情的原委。妇女在家庭生活在只能是男性的附庸，他们不可能驾驭家庭生活的主导权，也无法主导自己的命运，对家庭生活的重大决定也没有自己的发言权和知情权，只能默默承受男性成员的安排。嘉丽莱的母亲为了找寻自己的女儿，决定配合警官哈立德的调查工作，但是丈夫要求必须其在场才能去警察局。到了警局后，其一言一行都必须受到丈夫的监视。妇女不但在家庭生活中没有自己的话语权，而且在社会生活中也没有自我的权力，她们一切的行为都必须处于丈夫严格的审查之下，丝毫的怠慢都会招致丈夫的训斥。

阿卜杜胡·哈勒以自己犀利、细腻的笔触，积极倡导沙特妇女解放运动，成为女性权益的代言人，这与哈勒的成长经历有着千丝万缕的联系，因为他从小生活的环境就是女性的世界。哈勒出生在沙特吉赞省的农村，当时伊斯兰现代复兴主义运动尚未影响到沙特社会，女性与男性一样工作、学习和生活。相对较为平等的男女社会关系促使哈勒能够较为客观公正地看待妇女解放问题。哈勒与其他阿拉伯知识分子一道倡导沙特妇女解放，得到了沙特国内许多机构、组织和个人的支持，沙特国内的妇女解放运动也取得了巨大的进步。2009 年，沙特国王阿卜杜拉创办阿卜杜拉国王科技大学，首次引进男女同校的教学管理尝试。同年，阿卜杜拉国王任命奴拉·法伊兹担任教育部大臣。2011 年沙特高等教育中，女性占学生比例超过男性 16%。该年，阿卜杜拉国王颁布国王法令，允许沙特妇女参选 2015 年的沙特舒拉会议议员，并对女性议员的最低比例进行了必要的限定。尽管沙特妇女在出行、工作和学习等方面仍然有很多限制，但是这些事件却具有了划时代的意义。

最后，关于沙特小说创作热潮的问题。2000 年以来，随着沙特高等教育的发展，大批沙特人开始接受高等教育，沙特国民素质大幅提高，沙特国内掀起了一股文学创作的热潮。2010 年，阿卜杜胡·哈勒的小说《天堂喷出的火焰》获得阿拉伯小说布克奖。作为海湾国家第一位获得阿拉伯世界文学大奖的作家，阿卜杜胡·哈勒所带来的蝴蝶效应是显而易见的，这激励着大批沙特作家从事小说创作。2011 年拉嘉·阿莱姆《鸽子项圈》与突尼斯作家穆罕默德·艾什阿里共同荣膺阿拉伯小说布克奖。同年，优素福·穆海米德的《气味圈套》获得意大利齐亚图尔文学奖，《鸽子不能飞在巴里代》获得突尼斯艾比·卡西姆·沙比文学奖。此外，穆罕默德·哈桑·阿勒旺分别于 2013 年、2017 年两次进入阿拉伯小说布克奖的短名单，2017 年获得阿拉伯小说布克奖；阿卜杜拉·撒比特的《阿塔伊夫大街》、乌麦麦·哈米斯的《叶树》、马格布勒·阿勒瓦的《吉达诱惑》、巴德莉亚·巴沙尔的《艾阿沙大街的爱情故事》也先后进入阿拉伯小说布克奖的长名单。哈勒以小说为载体改变了沙特小说历史发展方向，小说最终取代诗歌在沙特文坛的地位，成为小说文本对历史影响的典范。

因此，哈勒借助于收集到的报纸、杂志、图书等文献资料，巧妙地融合了个人的亲身经历和生命体验，如史学家一般将历史素材加以筛选、整合和归档，以文学的语言缝合出一部关于沙特 20 世纪 70 年代至 21 世纪初的史书，解构了权威大写的沙特历史，揭示了历史文学性的一面。同时，阿卜杜胡·哈勒的小说见证了沙特近半个世纪的社会变迁、物质文化和宗教形态，以及沙特人的思想动态，成为人们研究沙特这段即将被人遗忘的历史不可或缺的参考文献。在小说创作过程中，将虚构与真实并存于小说当中，历史事件中夹杂虚构事件，虚构事件中不乏历史事件的痕迹，历史人物与虚构人物共同生活在这些历史场域之下，形成历史与文本彼此交融的文学形态，此外，哈勒的小说将历史素材转化成文学文本，成为历史的一部分，在某种程度上影响着社会的发展和历史的演变。

小　结

阿卜杜胡·哈勒的文学作品继承了新历史主义文学观，它深刻影响到哈勒小说的创作理念和创作思路。首先，哈勒将历史书写作为小说话语构建的维度，将海湾战争和也门民主会议两条故事线索彼此交织，在小说的虚构中展现历史现实，在历史真实中展现小说文本话语，构建了小说文本的历史话语体系。其次，哈勒的历史书写多以 20 世纪 60 年代到 21 世纪初的历史为背景，构建了小说发展的总体历史框架，同时依据自己掌握的历史文献和个体经历，从小人物的视角对这段历史进行模仿和改写，使小说文本历史化，力图颠覆正统权威历史书写，展现具有虚构特征的小写历史的客观性和真实性的一面，小写的边缘化历史成为哈勒小说历史书写的主题元素。最后，哈勒解构了宏大历史的真实性，将小说文本置于特定的历史框架之下，使小说虚构故事事件中穿插历史事件，历史事件描述中融入虚构情节，虚构人物与现实人物生活在共同的历史场域，虚实结合，使小说文本呈现出现实性和历史性的特征。因此，阿卜杜胡·哈勒的现实主义小说契合了新历史主义文学创作的基本理念和基本特征，是后现代主义语境下的现实主义，哈勒使虚构的小说文本具有了历史文本的严肃性和真实性，解构了主流宏大历史叙事的客观性，还原其虚构性和主观性的一面，建构了小说文本在历史书写中真实性和客观性的一面，哈勒所构建的历史话语对主流历史话语构成巨大威胁，成为引导沙特民众反思历史的重要手段，也为人们客观看待沙特当下社会现实提供了客观历史参考，哈勒由此也积极参与到改造阿拉伯人的思想认知和建构社会集体意识形态的进程当中。

第五章 异化与迷茫：沙特个体
存在的焦虑

20世纪七八十年代，沙特依托于石油工业创造了辉煌的经济奇迹，实现了国家的现代化和工业化。近10年来，高油价继续给沙特带来了丰厚的利润，也加速了沙特社会的发展。人们对物质生活有了更高的要求，几乎每个沙特家庭都要雇佣女佣或司机，阿卜杜胡·哈勒在《欧卡兹报》中指出："据说沙特每天新雇佣150名保姆或男性工人……你会发现社会要求雇佣更多……如果我们想要喝水，只要把十几米开外的保姆叫来就可以了，而水杯离我们就一两米。"①哈勒的评论表明沙特社会已经向过度消费型和享受型社会转型，沙特社会及其个人日趋异化，对物质生活的过度享受呈现攀比之风，人们对自我社会身份缺乏较为理性的认知，造成一系列社会问题。尽管2014年以来石油价格不振，重创了沙特经济，但是人们对享乐主义追求的热情却丝毫没有消退。本章将围绕异化和身份认同理论对阿卜杜胡·哈勒笔下的社会问题做进一步的探讨，挖掘个体在沙特社会中的存在焦虑。

---

① 《劳工泛滥》，《欧卡兹报》，http://okaz.com.sa/article/1015904。

第一节　异化——畸形社会下的个体扭曲

"异化"作为后现代社会具有普遍意义的命题，成为学术界研究的热点。"异化"一词最早出现在德语中，它是由马丁·路德翻译希腊版《新约圣经》转译而来。该词后被引入英语当中，作为一个经济学词汇存在，最后进入社会学和政治学研究的范围。此后，德国哲学家费希特将该词引入到德国古典哲学，黑格尔则将该词汇引入其"绝对理念"的唯心主义概念体系，而费尔巴哈则将该词引入到宗教研究的范畴，建立其唯物主义"异化"的概念。马克思在德国古典哲学基础上，进一步发展了"异化"这一概念，在《1844年经济学哲学手稿》中较为系统地阐释了异化劳动理论，此后，西方马克思主义多次使用这一概念来阐释人的存在危机和精神困顿，卢卡奇、霍克海默、阿多诺等都对这一概念有着不同层面的理解和解读，其中卢卡奇对于异化的观点，与马克思的观点最为接近，在卢卡奇看来，"人自己的活动，人自己的劳动，作为某种客观的东西，某种不依赖于人的东西，某种通过异于人的自律性来控制人的东西，同人相对立"[1]。

20世纪七八十年代，伊斯兰复兴主义运动席卷了整个伊斯兰世界，以"伊斯兰领袖"自居的沙特对内政策日趋走向保守，强化了劝善戒恶委员会等一批宗教组织的权力和影响力。同时沙特"石油经济"的发展，贫富差距日益拉大，促进了沙特社会内部的巨大变革，产生了一大批新兴中产阶级，突如其来的巨大的变革给人们的社会生活和精神生活造成了巨大的冲击，沙特社会呈现出诸多异化问题。在哈勒看来，"人能走出被奴役的圈子吗？人仍然处于奴隶制的圈子，而且从个人扩大到了组织和国家，这一奴隶制并不仅仅是个人的奴隶制，而且由个人的奴隶制变

---

[1]　卢卡奇：《历史与阶级意识》，杜章智等译，商务印书馆，1996，第147页。

成读者的奴隶制"①。哈勒所指出的"奴隶制"其本质上就是异化的问题，无论是个人，还是组织亦或者国家都存在异化现象，因此本节主要基于马克思主义和西方马克思主义关于异化的理论，关照阿卜杜胡·哈勒小说中人的异化问题，探讨与之相关的社会、科技和人际关系等异化问题，力图发掘作为沙特新兴中产阶级的代表阿卜杜胡·哈勒，如何以批判的眼光审视沙特人的精神焦虑和困惑，以及如何在作品中展现其人文主义关怀。

1. 人的主体的异化

人的精神主体的异化本质上体现了人的物化问题。人的物化是一个必然的过程，人的物化使人能够更好地适应社会和自然环境，利用各种物化工具实现更好的个人发展，但是过度的物化又使人失去自我，异化为物质的工具，"我们本身的产物聚合为一种统治我们的、不受我们控制的、与我们的愿望背道而驰的并抹杀我们的打算的物质力量"②，而这种物质力量也就是物化，"即发生在客观方面，也发生在主观方面"③，因此作为主体的人失去了人的本质，对个人的生活意义和存在价值普遍感到产生疑惑，精神出现空虚和焦虑的状态。

小说《天堂喷出的火焰》中，金碧辉煌的宫殿与破落不堪的坑区形成巨大的反差，使坑区的人们的心理产生巨大的扭曲，人人向往过上宫殿里的生活。孩子们最大的娱乐项目不再是去海边游泳嬉戏，而是坐在宫殿的对面数宫殿内亮起来的灯的数量。大人们最大的荣耀便是谎称自己进过宫殿或认识宫殿的主人，在亲友们面前炫耀。由于谎言被多次戳穿，于是一些人铤而走险翻越宫殿的围墙，希望一睹宫殿的辉煌，但是总是被宫殿的警卫抓住。街区流传宫殿需要养马和长颈鹿，于是人们花钱去外地学习驯养技术，但是宫殿主人压根没有雇佣本地人的打算。文盲哈姆丹将自己生

---

① 《哈勒与〈今日文化杂志〉访谈录》，http://www.alriyadh.com/531682。
② 弗洛姆：《马克思关于人的概念》，载复旦大学哲学系编译《西方学者论 1844 年经济学—哲学手稿》，复旦大学出版社，1983，第 55 页。
③ 《1844 年经济学哲学手稿》，人民出版社，2000，第 57 页。

活的坑区命名为地狱，而将对面的宫殿描述成天堂，尽管这一命名源自于他的无知鲁莽的举动，但是却很快得到了坑区居民的一致认可，于是坑区的人们如飞蛾扑火一般拼命地飞向心中的天堂。宫殿的建立打破了坑区居民平静而恬然的生活，在巨大的经济差异面前，人们原有的道德和价值观念被逐渐打破，人们想法设法从宫殿中分得一杯羹，却始终无法实现，人们却不曾发现自己事实上已经沦为金钱和荣誉的奴隶。"小轿车、高清晰度的传真装置、错层式家庭住宅以及厨房设备成了人们生活的灵魂。"① 金碧辉煌的宫殿的建造不仅为了满足人的居住需求而被生产，而更多地是为了满足宫殿主人自我膨胀的虚荣心。在巨大的经济反差面前，街区的人们想方设法进入宫殿，希望享受宫殿里的生活，他们没有思考宫殿里面的生活是否适合自己，只是在盲目的追求当中，他们沦为宫殿的奴隶。人拜倒在物的面前，把物作为自我精神追求。

作为坑区居民中的幸运儿，主人公塔里克有幸入宫为宫殿主人服务，成为沙特新兴中产阶级的代表，他入宫的第一件事情就是替主人强奸他在商业上的竞争对手。一开始塔里克将这份工作当成自己的神圣职业来对待，他还组织了虐囚队，专门从事这份工作。宫中老人穆罕默德曾不无感慨地说："只有你能长期待在这里……靠近体面地人是在玩火，他们把我们当做卫生纸，用来擦鼻子，把我们扔进垃圾桶"（天堂喷出的火焰：138）。但是塔里克很快发现，他的身体掌控在宫殿主人的手中，他无法左右自己的性，过度的同性强奸使塔里克厌恶了自己的生活，对宫殿主人充满了恐惧、愤怒和无奈，他最大的梦想就是杀死主人，然而这只能在梦中，现实生活中他随时听命于宫殿主人的安排，哪怕是强奸自己的好友尔萨。事实上，塔里克已经沦为宫殿主人的工具，正如他初次入宫时宫殿主人所指出的："我难道没有权力检查对付对手棍子的粗糙程度吗？"（天堂喷出的火焰：133）塔里克的身体从入宫的一刻就已经不

① 贝尔：《关于异化的辩论》，陆梅林、程代熙译，载《异化问题》下册，裴辉译，文化艺术出版社，1986，第18页。

再属于自己，而是异化为宫殿主人对付其商业竞争对手的利器，以拍裸照的形式威胁任何威胁到他利益的人。"它（异化）使日常生活失去了力量，忽视了它的生产和创造性潜能，彻底否定了其价值，并在意识形态的虚假魔力中将之窒息。一种特殊的异化将物质贫困转变为精神贫困"①，塔里克的生活被其原本喜欢的工作所羁绊，他的生活不再有意义，大量的财富只能在初期给他巨大的精神满足，然而之后生活就是重复强奸主人的对手并挣更多的财富，对塔里克而言，财富的增加只是数字的变化，对其生活本身和精神追求没有丝毫的裨益，而物质财富的增多反而带来了精神的空虚和无聊。此外，塔里克在坑区的生活时较早地表现出了生理成熟，他曾在年幼的表弟穆阿塔兹身上摩擦发泄性欲，骑到姑姑的山羊身上发泄性欲，与少女苏阿黛颠鸾倒凤，也曾经伙同尔萨强奸年幼的亚希尔，甚至与中年妇女宰娜白通奸，在坑区的塔里克在某种程度上掌控着自己的身体，选择发泄其欲望的对象，而从本质上看，塔里克的行为属于原始的性冲动，年少的他根本无法左右自己的性欲，相反，原始的性欲控制着塔里克的思想和行为，成为其身体真正意义上的主人。

宫殿内部的权力服务阶层沦为权力阶层控制的工具，但是权力阶层本身也经历着异化的过程。宫殿主人控制着宫殿内部所有人的思想和行为，他在宫殿内部安装了一整套的监控设备，甚至他的妹妹冒达也时刻提防着哥哥的电话监控，尽管塔里克搬到宫外居住，但是宫殿主人依然可以随时监控他的任何行为，但是事实上他也已经严重物化，他的一切行为都源自于内心的欲望，不是他自己掌控自己的行为和思想，而是他的欲望掌控着一切，他只不过是自己欲望的执行者。他不断地寻求刺激，以满足内心的空虚和寂寞。他年少时常常出入欧洲的各大赌场，出手阔绰，赌博给他带来了巨大的刺激，也使他的一生都处于不断博弈当中。他安排乌萨马诱惑年轻女孩入宫跳舞助兴，当他对此感到无聊时，就通过抽签的方式决定女孩的归属，抽签像赌博一样激发了他内心的欲望，

---

① 转引自仰海峰《列斐伏尔与现代世界的日常批判》，《现代哲学》2013 年第 1 期。

当有人在众人面前给舞女们开支票，而女孩们当面撕毁支票时，他内心的虚荣得到了满足。他给坑区的贫民发放福利，因为穷人的乞求使其内心得到暂时的安宁，他感到自己有着救世主的力量，但是很快他就厌倦了这一"善行"，因为他需要的不是帮助他人所带来的快乐，而仅仅只是为了寻求刺激。他掌握着大量的社会财富，但是他一刻不停地追逐社会财富，当他发现股市的升降可以满足其寻求刺激的欲望时，他在短期内组织了一只庞大的股市操控团队，操纵股市的暴涨暴跌，他从中牟取暴利，尽管他原有的财富足以富可敌国。欲望成为宫殿真正的主人，促使他以各种方式寻求刺激，满足不断暴涨的欲望，没有宗教规约，也没有道德底线，他已经异化为欲望的野兽。

麦拉姆是宫中跳舞助兴的女孩之一，一开始还保持着女孩的矜持和羞涩，当她明白只有用身体挑逗男性的欲望才能获得更多奖赏之后，她果断放弃了自己的原则和底线，加入那些用身体诱惑男人的女孩们的行列，最终被宫殿主人相中，成为宫殿的女主人。麦拉姆的身体变成了她的摇钱树，也是她借此改变社会地位的有效途径，但是她始终是宫殿主人豢养的一只满足其欲望的宠物，表面的光鲜和物质上的富足没有换得麦拉姆内心的平静，她希望得到更多男性的关注，满足其内心的虚荣，于是开始与塔里克通奸，因为只有塔里克敢偷偷觊觎她的美色，尽管他们之间年龄相差 20 多岁。然而当她看到尔萨被宫殿主人射杀的一幕之后，她与塔里克都不约而同地断绝彼此的关系，形同路人，果断地龟缩在宫殿主人为她设置的隐形牢笼之中。麦拉姆不但出卖了自己的身体，而且抛弃了自我的最后道德和底线，只剩下金钱、权力和肉欲，她成为一个没有灵魂的行尸走肉。

突如其来的经济繁荣使沙特社会短期内完成社会转型，造成了各个社会阶层人们的思想断裂，"物化结构越来越深入地、注定地、致命地沉浸到人的意识里"[①]，自己原有的道德和价值理念经历了巨大的冲击，人无

[①] 瑞泽尔：《后现代社会理论》，谢立中等译，华夏出版社，2003，第 309 页。

论是在客观层面还是主观层面都丧失了其作为主人的身份，最终沦为金钱、权势和欲望附属品。壮大了以宫殿主人为代表的一批大资产阶级，他们掌握大批社会财富，左右着国家经济的运行和发展，然而他们为了满足自己的欲望，穷奢极欲。以哈勒为代表的中产阶级，借助这场社会变革迅速改变了自己物质贫乏的窘境，精神世界得到了暂时的满足，而等待他们的是一步步的沉沦，成为自己所追逐的金钱的附庸。以麦拉姆为代表的一批事业成功的女性，她们凭借自己与大资产阶级之间的肉体联系，成功获得了大量社会财富，跻身于社会精英的行列，但是她们内心空虚，只能以极端的方式满足自我欲望。而代表无产阶级的街区普通民众只能奢望有朝一日入宫飞黄腾达，社会贫富差距进一步拉大，他们内心愤恨扭曲，成为社会变革的牺牲品。

2. 人际交往的异化

人际交往的异化主要是指人们彼此之间的交往基于金钱和利益的考量，将对方作为达到自我目的的工具，而不是基于人性和情感的交流。海德格尔指出："相互反对、互不相照、互不关涉……而上述最后几种残缺而淡漠的样式恰恰表明日常的平均的相处共在的特点。"[①]这种残缺恰是人际交往异化的表现形式。

小说《"淫乱"》中，嘉丽莱的父亲因无法忍受内心的痛苦而再次返回公墓看望自己过世的女儿，却发现坟墓棺椁大开，尸体消失了。于是街区的一些人开始传播各种谣言丑化嘉丽莱的形象，这些传播者大多数是那些嫉妒嘉丽莱美貌的女人，她们将嘉丽莱描述成一个淫乱放荡的女孩，与多名男性交往甚密，最终选择以诈死的形式与情人私奔。当警官哈立德取证时，她们却矢口否认自己所散布的谣言，或者表示只是单纯的一种猜测，而正是这种无端的谣言使嘉丽莱的家人羞于出门，成为人们嘲讽的对象。与这批丑化嘉丽莱形象的人相对的，是以嘉丽莱的弟弟萨利赫为代表另一批人借助宗教神话嘉丽莱，声称真主怜悯她的贞洁而

---

① 马丁·海德格尔:《存在与时间》，陈嘉映等译，三联书店，1987，第149页。

派遣天使将她带进了天堂，而事实上是守陵人沙菲克盗取了嘉丽莱的尸首。面对强大的社会压力，嘉丽莱的大哥扎西尔没有像弟弟一样竭力神话嘉丽莱，也没有同情自己父母的艰难处境，更没有试图寻找自己的妹妹，而只是从自己的利益出发，不断地数落母亲教女无方，并把嘉丽莱的头像从家庭照片册中撕下来，嘉丽莱的家庭走向分裂。人与人之间的交往缺乏人性和情感，人们借助神话和谣言的手段制造社会舆论，将他人作为自己的工具，或有害于或有利于当事人的利益，肆意改变一个人死后的形象，以达到自己的目的，或仅仅为了发泄私愤，因此人与人之间的交往最终变成了彼此之间的利用与被利用的利益关系。

　　在小说《天堂喷出的火焰》中，宫殿主人知道自己的妹妹冒达深爱着尔萨，但是出于利益的考量，他执意将冒达嫁给她的堂哥，在出嫁的那一天冒达差点自杀身亡，而婚后的不幸生活最终导致她的离婚。冒达的婚姻只不过是其母亲沙赫兰婚姻的翻版，区别只在于冒达婚后选择了反抗这一体制，而其母亲则选择了忍受这一切，但是她们的人生都走向了悲剧。"异化就这样扩展到全部生活，任何个人都无法摆脱这种异化"[①]，婚姻不再基于男女双方的个人意志，而是出于利益交换的考量。女性像商品一样被出卖给男方家庭，男方作为商品的买受人必须让渡一定的利益以迎娶新娘。在绝对的男权社会中，男性成员掌握着家庭的绝对话语，女性在家庭生活中没有自己的话语和权力，只能服从于家庭男性成员的安排，一旦女性试图突破这一底线，女性将面临极度危险的境地。泰哈尼在与男友塔里克亲热过程中失去贞洁，一旦事情败露就会给家庭荣誉带来毁灭性的打击，因此泰哈尼的父亲选择杀死自己的女儿，因为一件损坏的商品不但失去了交换的价值，而且给卖主的名誉带来损失，只有彻底毁掉商品才能挽回损失，以保证其他商品顺利的售卖。而泰哈尼的好友塞米拉因为一直保持了贞洁，尽管她不愿意嫁给年迈的丈夫，但是却拗不过父母的意志，因为丈夫阿布·穆什拉特是所有求婚者中聘礼给

---

　　① 吴宁：《日常生活的批判》，人民出版社，2007，第127页。

的最多的人，在大婚之日，当艾卜·穆什拉特发现塞米拉是处女时，她的父母和亲朋好友欢呼雀跃地庆祝这幸福的一刻，因为他们成功地将女儿卖出了高价钱。麦拉姆因为惊艳四方，单身母亲始终不愿意将女儿出嫁，因为求婚者带来的聘礼都没有达到她的心理目标，当瓦利德·韩柏什以2亿第纳尔作为聘礼迎娶麦拉姆时，尽管他又老又丑，然而麦拉姆的母亲一口答应了他们的婚事。因此，哈勒在小说中表明，在阿拉伯国家，婚姻蜕变成物质和利益交换的媒介，无论是作为上层社会的冒达、沙赫兰，还是作为下层社会的泰哈尼、塞米拉和麦拉姆，尽管她们作为婚姻的主体，但是她们没有自己的发言权，只能屈从于父母的意志。

在哈贝马斯看来，以金钱和权力为代表的"系统"侵入作为社会交往主体的"生活世界"，改变了生活世界中主体之间交往的合理性因素，使"生活世界殖民化"。因为人们为了达到自己的目的，或如嘉丽莱的邻居一样泄私愤，或如其弟弟一样维护家族荣誉，或者在婚姻问题上如冒达、泰哈尼、塞米拉一样，父母只为获取金钱和权利，不择手段，人最终普遍的异化，内心空虚和不安，失去了存在的意义和价值，因此要实现人际交往的合理化，必须改变人际交往中的异化现象和行为，改变人与人交往中彼此的利用和工具化，以及在婚姻的商品化，最终跨越"工具理性"而实现"交往理性"。

3.社会制度和社会组织的异化

人们创造了许多社会制度和社会组织以保证社会的正常运行和发展，但是这些人类的被造物本身具有着双重性：被造者和奴役者。在某种情况下，被造者不再是服务于人的方式，而是演变成奴役人的手段，被造物变成人真正意义上的主人。阿卜杜胡·哈勒在小说中正是展现了这一异化现象，小说中所谈及的社会体制不再服务于人，而是成为奴役人、折磨人的利器，人变成了社会体制的附庸。

劝善戒恶委员会曾是沙特国内第二大宗教组织（现已经基本处于半取缔状态），其创建的宗旨在于"用《古兰经》和伊斯兰的法规戒律指导、监督和规范穆斯林的伦理道德观念与行为方式，使他们既成为恪守教规的虔诚信徒，又成为顺从世俗政权的驯服臣民"①。作为沙特一个半独立的司法权力组织，劝善戒恶委员会直接面向沙特普通民众。正如前几章中提到的，该组织执法时往往采用简单粗暴的方式制止穆斯林的行为，因而引起沙特许多民众内心的反感和抵触。嘉丽莱与马哈茂德因单独相处被宗教警察抓住，宗教警察以公开的方式要求嘉丽莱的父亲认领自己的女儿，并将马哈茂德监禁一年，毁了两个年轻人的一生。在另外一对情侣被捕事件中，警官艾曼力图帮助两对情侣开脱，而宗教警察却简单粗暴地将他们定性为通奸，丝毫没有考虑到事情是否会影响到两人的家庭和个人未来发展，几乎造成了另外一场悲剧。哈勒试图向读者表明，劝善戒恶委员会在社会实践中已经异化为社会的破坏者，而不是维护者，作为一种"系统"侵入人们的"生活世界"，以强制的手段改变人们的行为，而不注重从思想层面改变人们对宗教的内在认同，人们不甘心被奴役，其结果必然遭到被奴役者抵抗。

同时，在哈勒看来，阿拉伯国家所建立的民主制度是脆弱的，甚至是虚伪的，国家体制不断地异化，民主制度最终都走向专制。在小说《犬吠》当中，苏联帮助也门建立了社会主义政权，让人们认清了历史的本质，但是却没有能给人们带来幸福生活，当权者逐渐退化成新的专制者，被也门人民所抛弃。苏丹巴沙尔的革命推翻了专制腐朽的贾法尔政权，高举伊斯兰的口号，但是巴沙尔政权与前政权一样很快走向专制和腐败。埃及的共和国制度也难逃专制的命运，"我"在民主会议上指责埃及记者发鲁斯夫妇说："军队统治着你们，你们的总统是一直统治到死，党派是形式，只有总统一个党派……口号是民主制，实际上是国王制，不仅是国王制，而且是军队制"（犬吠：170）。马尔库塞在《爱欲与文明》中指出："进步的加速似乎与不自由的加剧联系在一起。"②阿拉伯国家民主制度本身是一个社会进步，人们开始拥有了一定的民主思想的意识，

---

① 王铁铮：《中东国家通史》沙特卷，商务印书馆，2004，第297页。
② 马尔库塞：《爱欲与文明》，黄勇、薛民译，上海译文出版社，1987，第18页。

但是却没有根植于阿拉伯社会现实。阿拉伯人将民主制度引进到阿拉伯世界，并没有真正意义上服务于人们的社会生活，实现他们心中的"理想国"，而是演变成了一种专制政权的变体，成为奴役自己的手段。

4. 现代科技的异化

现代社会的发展离不开科学技术的支撑，科技成为推动社会发展的强大动力，但是科学技术所带来的异化问题，在很大程度上威胁到人类的生存和发展。科学技术作为人类文明的产物给人们的社会生活带来了翻天覆地的变化，但是其消极影响也日渐突出，"现代科学技术的高速发展的确提供了前所未有的物质财富和高质量的物质生活条件……人由于受制于自己的造物和丧失了超越的维度而陷于深刻的异化之中"①。

在小说《犬吠》中，飞机载着主人公"我"往返于沙特和也门，为"我"找寻情人娃法提供了便利，但是在海湾战争期间，作为人类智慧结晶的飞机成为威胁人们生命的杀手。萨达姆的飞机略过吉达上空，城市响起巨大的警笛声，"令人心跳加速，我们所有人都把毛巾放在嘴边，睁大眼睛，死亡流淌在我们的血管中，父亲赶紧关好窗户熄灭灯火，我们小弟弟们躲在母亲的怀里寻找安全感，她嘴里念着祈祷词，摸着孩子们的头，擦拭着泪水"（犬吠：88）。战争威胁到了每个人的生命，现代科技给人类带来的便利性超过人类历史上任何一个时代，其破坏性也超过了任何时代。萨达姆的化学武器威胁到每一个沙特人的生命，于是吉达出现了疯狂购买胶带的场景，出现了专门售卖防化服的商人，人们每天谈论的话题以及电视上播放的节目都离不开如何抵御化学武器的入侵，人类所制造的战争武器成为其生命的最大威胁。畏惧于化学武器的破坏性，哈密里无论走到哪里都穿着防化服，哪怕是去清真寺做礼拜被人嘲讽，被伊玛目呵斥，他也不敢脱掉它。现代战争武器使人的恐惧无限放大，只能借助于其他现代科技手段来抵制，哪怕是胶带也被人们奉为至宝。人们所发明的现代科技使人类陷入了巨大的恐慌当中，人们不再是

---

① 《马克思恩格斯选集》第1卷，人民出版社，1972，第89页。

科技的主人，反而沦为科技的奴隶。"当今的那种占主导地位的，并把科学变成偶像，因而变得更加脆弱的隐形意识形态……它在掩盖事件问题的同时，不仅为既定阶级的局部统治利益作辩解，并且站在另一个阶级一边，压制局部的解放的需求，而且损害人类要求解放的利益本身。"①哈贝马斯在警醒人们对科技的认知，而正如萨达姆一样，他用现代科技谋求了巨大的政治利益的同时，也正是现代科技令萨达姆在海湾战争中战败，伊拉克人民流离失所，最终科技"损害人类要求解放的利益本身"。

现代新闻媒体的发展彻底改变了人们的生活面貌，使人们足不出户就可以了解世界各地发生的大事，以及发生在自己身边的故事。但是新闻媒体做制造的话语，除了给人们传递真实报道之外，还附加上许多虚假信息，力图以媒体导向舆论，控制人们的思想和认知。作为现代新闻媒体的创造者的人类，演变成被动的信息接受者，甚至成为新闻媒体控制人的思想，愚弄人们的手段。

阿拉伯电视媒体出现之前，阿拉伯人主要通过广播和报纸来了解外部世界，由于阿拉伯民族主义思想风起云涌，埃及总统纳赛尔作为阿拉伯人精神的象征影响着整个阿拉伯世界。小说《犬吠》主人公"我"的父亲是一个典型的纳赛尔的拥护者，他将纳赛尔总统和费萨尔国王的照片挂在自己家里最显眼的地方，他不允许有任何人侮辱他们的形象，哪怕是自己的儿子。但是卡塔尔半岛电视台出现后，阿拉伯新闻媒体进入了一个新的发展阶段。半岛电视台不断曝出纳赛尔和费萨尔的丑闻和内幕，父亲心中的偶像轰然倒塌，他只能愤愤地将二人的照片掉进衣柜深处。事实上，无论是否出现以半岛电视台为代表的阿拉伯现代媒体，作为普通个体的阿拉伯人始终没有摆脱新闻媒体的奴化过程，无论人们是否认清事件的本身，他们认识世界的手段始终摆脱不了新闻媒体的束缚，尽管媒体标榜自己的公正和客观，但是其为背后的政治、经济和文化势力代言是不言而言的，因此新闻媒体摆脱不了其内在的政治、经济和文

---

① 哈贝马斯：《作为"意识形态"的技术与科学》，李黎等译，学林出版社，1999，第69页。

化意图，人也就摆脱不了媒体的奴化过程。哈勒在小说中借助小说人物阿鲁尼的话指出："我们的新闻人难道不知道我们的报纸是骗人的吗？报纸每天都献上死亡的礼物，报纸在社会发生的动荡表层撒上淡水，将刺包住，它每天都在圆谎，掩盖人们的哀叹，哀叹变了感激，感激生命仍然流淌在他们血管当中，像哀乐一样不断重复，软化他们的脖颈……我们的新闻人就是这样愚蠢，每天打扫屋子，把垃圾放在客厅的地毯下面，一切都很干净，只需要掀起地毯藏起垃圾"（犬吠：104）。阿卜杜胡·哈勒作为《欧卡兹报》的主编，对新闻媒体的虚伪性有着深刻的体会，他深刻阐明了新闻媒体愚弄人、奴化人的事实本质。

沙特社会不仅经历着人际交往的异化、社会制度和社会组织的异化、现代科技的异化，而且还存在着文化异化和消费异化等异化问题，现代社会的异化渗入社会的各个领域，"我们在现代社会看到的异化，几乎是无孔不入，异化渗透人与自己的劳动、消费品、国家、同胞以及和自身的关系之中"①，所有的异化问题都促使人的主体异化，迷茫和困顿，成为许多人的精神世界的真实写照，

第二节　身份认同危机

身份认同是西方文化研究的一个重要命题，主要由主体的个体属性、历史文化和发展前景组成②，身份认同是一种文化归属，是个体与社会文化之间的相互认同关系。在一定的社会文化背景下个体对这一社会文化体系构建认同，形成个体的核心认同，而其他社会文化体系在个体认同中则变成他者而存在，同时，身份认同随着社会环境的改变而改变。身份认同涵盖着三重内涵：第一，它是一种主体性的反思；第二，它是一

---

① 弗洛姆：《健全的社会》，欧阳谦译，中国文联出版公司，1988，第124页。
② 李争：《身份认同的焦虑与寻找——读〈追风筝的人〉》，《学术界》2013年第2期。

种精神上的归属感；第三，它是一种社会化的结果。^①身份认同主要涉及哲学、心理学、社会学、人类学、文学以及其他学科领域，对身份的文化研究成为当今文学批判领域的一个重要课题。本节主要基于西方身份认同理论，探讨阿卜杜胡·哈勒笔下处于社会转型中的小说人物在文化身份、种族身份、国家和地区身份、阶级身份认同的危机，以及面对危机时所呈现出来的精神状态和心理调适。

1. 文化身份危机

阿卜杜胡·哈勒以作家敏锐的嗅觉关注 20 世纪 70 年代到 21 世纪初沙特社会的变迁，不仅聚焦于政治、经济和社会的转型，而且更聚焦于社会文化的转型，以及转型中沙特普通民众所经历的思想动荡，同时关注部分留学欧美的阿拉伯青年，在异域文化巨大的冲击下，文化身份建构的痛苦和不幸。

20 世纪七八十年代，以石油产业为依托，沙特缔造了经济奇迹，短时间内实现了工业化和城市化，沙特由传统农牧业社会一举步入现代工业社会，"据统计，1970 年生活在沙漠里的人约占总人口的 60%，生活在小城镇的占 20%。到 1980 年底……城市中人数占 42%，而小城镇人口下降到 12%，沙漠居民只有 46%。"^②人们的生活面貌有了质的飞跃。但是由于沙特的现代化不是一个渐进的过程，大多数沙特人的思想状态仍然停滞在沙漠贝都因传统文化的窠臼中，尚未适应现代化城市的发展，也没有适应现代城市文明，形成深刻的文化断层，人们普遍面临文化身份认同的危机。

小说《"淫乱"》中，哈勒指出："当贝都因人和农村人搬进城市的时候就发生了断根问题。社会由平静的文化变成动态的文化，城市在农村人看来是腐朽的代名词，他们害怕平静文化萎缩消失。断根愈加彻底，时代更加快速不断发展，通信革命的到来，彻底颠覆了传统文化"（"淫

---

① 李红燕：《身份的焦虑——〈任碧莲移民小说研究〉》，浙江大学出版社，2014，第 18 页。

② 王铁铮：《中东国家通史》沙特卷，商务印书馆，2004，第 222 页。

乱"：98）。城市化是沙特社会不可逆转的社会潮流，城市化的推进也进一步加速了社会的进步和发展。面对城市化，来自农村社会的沙特人表现出了文化不适，他们所恪守的传统价值观念无法适应城市化的发展，于是他们中部分人选择了逃避，希望能够继续过上贝都因人内心恬静的生活，但是他们又不愿意也无法离开现代城市生活，呈现出物质世界和精神世界的矛盾与冲突。他们原有的文化身份已经被打破，他们迫切需要建立新的文化身份，但是他们不愿放弃原有的文化身份，总是在追求程式化的单调的贝都因生活，他们无法建构新的文化身份，只能在痛苦中接受城市化所带来的精神焦虑。

同时他们也希望家庭成员维持对于原有农村文化身份的认同，因此他们将女性圈禁在家庭，"在高墙内等待，打发无聊"，不希望她们在城市生活中抛头露面，然而城市化也使沙特女性对生活有了新的理解和认知，建立起了新的文化身份，她们希望突破家庭的禁锢走向社会，哪怕采用极端的方式。在小说《"淫乱"》中，警官哈立德经常接触女性出轨案件，"每天我都将十几个出轨案件记录在案"（"淫乱"：181），而且呈现出越发增多的趋势，他甚至怀疑自己妻子也背叛了自己。城市化使沙特女性建立了新的文化身份，她们原有文化身份认同试图撕裂这一新建身份认同，她们只能以私奔等极端的方式逃避社会现实。

在城市化的浪潮中，年轻的祖海尔很快融入城市生活，建立起自己新的文化身份认同。他幻想着自己能够一夜暴富，借助新兴房地产改变自己的生活窘境，但是父亲拒绝了他的提议，使他的机会最终落空。于是他允许外国劳工使用他的名字，从中获得微薄的收益，他没有将积累的财富用于改善家庭生活，也没有用于社会投资，而是挥霍在妓女身上，回到吉达后身无分文，他只能依靠父亲养活自己。尽管祖海尔建立起新的城市文化身份，但是他更多关注的是城市生活所带来的奢侈与享乐，成为新的城市文化的牺牲品，而祖海尔这一享乐主义人生观代表了沙特社会中相当一部分人的社会心理，而且呈蔓延之势，使更多的人陷入理想和现实的矛盾当中。

小说中与祖海尔一样建立城市文化身份的还有警官穆勒费，他来自沙特农村，从小梦想成为警察的，因公开赞美部落一个女孩的美貌，并允许自己妹妹穿裤子，因而被自己的部落所遗弃。进入城市，他成功当上缉毒警察，战功卓勋，但也喜欢收集各种黄色电影，并在警察局内售卖，从中牟利。穆勒费成功实现了新的文化身份的建构，凭借自己的勇敢屡建奇功，成为沙特社会转型中的获益者。

哈勒不仅关注转型社会中的农村和城市文化身份认同的危机，而且还阐述了欧美文化和伊斯兰文化身份认同的问题。在小说《犬吠》中，亚欣与街区的其他男孩一起到美国大使馆附近偷窥女性的身体，由于不慎从树上跌落并被美国人救起，从此亚欣就迷恋上了美国文化，"经过这件事情，亚欣不再爬上临近美国人游泳池的树上，随着风浪的平静，他穿着长裤和衬衫（他穿成这样我们都从心里骂他），披头散发，径直走向大使馆的大门口，敲门，门就向他打开了，他就进到使馆里面"（犬吠：69），年轻的亚欣很快接受了美国文化，无论从穿着打扮还是语言上都模仿美国人，建立起欧美文化身份的认同，他可以随意进出美国大使馆，表明美国文化的包容性和开放性促成了亚欣的文化身份的转型。西方现代性给阿拉伯人带来了前所未有的物质、精神甚至性的享受，他们不自觉地迷失在美国文化当中。到了美国之后，亚欣对美国文化的认知有了更加深入的体会，美国文化的排斥性和歧视性得以彰显，"当传统纽带和社会关系断裂时，现代化便造成了异化感和反常感，并导致了需要从宗教中寻求答案的认同危机"[1]。亚欣在美国的生活没有使其进一步融入美国文化，而是产生一种逆反心理，他内心彷徨、痛苦、空虚，只能从宗教文化中寻求解脱，于是亚欣在美国的生活使他再次实现文化身份认同的转型，回归到伊斯兰文化身份的认同，经历了两次文化身份认同转型的亚欣，当他再次认同伊斯兰文化身份时，思想日趋极端化。当小说主人

---

[1]　塞缪尔·亨廷顿：《文明的冲突与世界秩序的重建》，周琪等译，新华出版社，2002，第67~68页。

公"我"再次见到亚欣的时候，是在曼努尔谢赫的家中，他与其他伊斯兰吉哈德战士在一起，号召其他穆斯林赴阿富汗参加吉哈德圣战。新的文化身份尽管给了亚欣带来片刻心灵充实和慰藉，但是由于国内外政治的原因，吉哈德不再给沙特穆斯林带来荣耀，而是带来灾难时，亚欣重新构建的文化身份再次陷入困境。

2. 种族身份危机

种族认同危机是哈勒小说展现的另一种身份认同的危机。小说《犬吠》中谈到了阿联酋记者欧麦尔，他祖籍苏丹，像其他苏丹人一样，在其他非洲人面前他标榜自己是阿拉伯人，但是在其他阿拉伯人潜意识中，黑色的皮肤象征着奴隶身份，其他国家的阿拉伯人往往不认同苏丹人的阿拉伯人身份，因此欧麦尔像其他苏丹人一样陷入种族身份认同的危机。欧麦尔指出："非洲人因为我们纯正的阿拉伯血统而遗弃我们，在阿拉伯世界，因为我们的非洲祖籍而遗弃我们"（犬吠：235）。民主会议上欧麦尔向侍者要酒，当有人讥讽他为奴隶时，他假装没有听见，在其他阿拉伯人面前，他的黑皮肤成为他身份的短板，于是欧麦尔故意标榜自己的祖先是来自阿拉伯半岛的纯种阿拉伯人，只是随着中世纪阿拉伯人的对外征服战争到了苏丹，以阿拉伯人传统的血统论来捍卫自己的阿拉伯身份。① 父亲希望欧麦尔能够迎娶自己的堂妹，但是欧麦尔却希望娶其他肤色的女孩为妻，因为欧麦尔不可能改变自我的黑色皮肤，也就无法摆脱奴隶身份的困扰，只有通过联姻的方式才能从根本上改变其家族血统，实现他心灵的超脱。针对肤色的指责，欧麦尔愤怒的指出"真主诅咒肤色，这一肤色创造了主人和奴隶，我知道许多高贵的血统被奴役，但是一旦获得人权自由就洗涤了他们身上的奴隶身份，但是我们的肤色仍然奴役我们"（犬吠：235）。种族身份认同的失败造成欧麦尔内心的痛苦，而黑色皮肤则是欧麦尔挥之不去的心结，是其种族身份认同失败的根源，

---

① 阿拉伯人的血统论自古有之。阿拉伯人喜欢标榜自己血统的纯正，以提高自己的社会地位。从古代阿拉伯人编写的著作中，我们常常可以发现血统论的痕迹。

但是欧麦尔种族身份认同失败的真正原因在于阿拉伯人建构的关于民族身份和奴隶身份的狭隘话语，并一直流淌在阿拉伯人的血液当中，以欧麦尔为代表的苏丹人在这一话语体系中处于不利地位，一旦欧麦尔认同了这一话语体系，他就必然遇到身份认同的危机和痛苦。

　　欧麦尔是阿拉伯种族身份认同失败的典型，小说《犬吠》中还描述了另外一种种族认同成功的痛苦。警官阿伊德是一个与世无争、性情温和的人，但是当高级警官纳比勒向他的女儿求婚时，阿伊德却果断拒绝，其根本原因在于阿拉伯种族主义的自大情结。在阿伊德看来，"我们不习惯将女儿交给非部落的人"（"淫乱"：143），一旦他将女儿嫁给纳比勒，那么他将失去令人骄傲的纯种阿拉伯血统，也会令其在亲友面前抬不起头来。在阿伊德的理念当中，有部落归属的阿拉伯人要比没有部落归属的阿拉伯人高贵，而阿拉伯人又比非阿拉伯人高贵，这一浓厚的部落主义情结尽管与伊斯兰教的基本原则相去甚远 ①，但是却为沙特阿拉伯半岛上的居民所推崇。为了报复阿伊德的种族歧视，纳比勒想方设法诋毁阿伊德的形象，最终给阿伊德带来无尽的痛苦。与阿伊德相似的是穆哈辛，当马哈茂德向嘉丽莱求婚时，穆哈辛以其马哈茂德血统不纯正为理由予以拒绝，尽管马哈茂德的父亲在沙特生活了近50年。嘉丽莱郁郁而终后，穆哈辛懊悔不已，"我狂妄自大，顽石般的部落意识促使我将她推向是错误。在她刚刚进入青春期，她喜欢一个人，那人想要娶她，我阻止了。她幼小的心灵牵挂着他的心"（"淫乱"：124）。阿拉伯种族主义认同，或者更准确来说，阿拉伯部落主义认同一方面给阿拉伯人带来阿Q式的心理安慰，另一方面也使他们在后现代社会失去了更多权力、社会财富和家庭幸福，给阿拉伯人带来了身份认同的痛苦。

　　3. 国家和地区认同危机

　　小说《犬吠》中描述了海湾战争前后大批也门人在沙特工作和生活

---

① 伊斯兰教先知穆罕默德曾指出："阿拉伯人不比非阿拉伯人高贵，非阿拉伯人不比阿拉伯人高贵，白人不比黑人高贵，黑人也不比白人高贵，你们中最高贵者，是最敬畏安拉者。"

的场景。由于历史原因，大批的也门人在沙特吉达定居下来，他们当中很多人在沙特住了一辈子，或者像娃法一样，从一出生就一直生活在沙特，尽管他们当中有些人口头上更认同自己是也门人，但是他们潜意识中已经将自己定位成沙特人。海湾战争的爆发彻底改变了人们的国家身份认同，他们不得不面临着痛苦的身份抉择。由于也门政府支持萨达姆政权，因此也门和沙特开始出现政治危机，也门政府将滞留在沙特的也门人定性为叛徒，而沙特政府则要求他们寻找沙特人做担保人，否则将被驱离出境。旅居沙特的也门人必须在概念上的国家和实际生活的国家之间做出明确的选择，娃法父亲无奈地说："四十年了，我发现我还是异乡人，你想想，我应该找回我逝去的岁月返回祖国，我只能从记忆中、或者从家人的书信中或者从他们对我的拜访中想起我的祖国"（犬吠：94）。海湾战争使旅居沙特的也门人彻底失去了原有的国家身份认同，重新建构一个陌生的国家身份，尽管他们不愿意改变，但是他们更不愿意在沙特受到歧视，成为社会的二等公民。在"我"坐飞机赴也门参加民主会议的路上，我认识了并坐一排的也门人，他看着飞机窗外的景色，不无感慨地说："吉达真美。"因为他在吉达生活了20年，已经离不开吉达。但是海湾战争改变了一切，"当我离开吉达时，我感到孤独。海湾战争爆发后，我发现我在吉达是外地人，在也门也是外地人……与侨民们一起迁回到也门，回到我不认识的祖国，我思念吉达，战争后，我回到吉达……我发现我在萨那水土不服"（犬吠：133）。响应政府号召回到也门的侨民，他们从回乡的那一刻起就面临着新的身份危机，尽管他们已经完成了国家身份认同的确立，但是他们返回也门，没有生活空间的支撑，他们不属于也门的任何一个城市，于是时刻面临地区身份认同的危机，成为自己国家的异乡人，继续忍受着痛苦和孤独的折磨。

与飞机乘客相反的，是另外一位成功实现国家和地区身份建构的也门侨民——负责接待工作的阿卜杜拉，他出生在塔伊夫，从阿齐兹国王大学毕业，一直努力改变自己的沙特口音，希望学会也门方言，以便适应新的环境，不被当地人指责，因为他宁愿选择也门的孤独，也不愿意返回沙特做二等公民。"当我们回到也门后，我们觉得我们是异乡人……为了在这里工作，我需要证明我的也门根"（犬吠：200）。阿卜杜拉成功建立了自己的也门国家归属，无论是从语言上，还是心理上都认同了也门，实现了国家身份认同的转变，但是他依然需要忍受内心孤独的折磨，因为常驻也门使他失去了亲人和朋友，也使他失去了作为沙特塔伊夫人的地区身份认同。

而其他来自社会底层的也门侨民，他们在也门的生活没有保证，要么继续在贫困线上苦苦挣扎，思念在沙特的幸福时光，要么铤而走险，从事非法勾当。阿亚什见到"我"时，"睁大双眼，突出的眼镜上下滑动，热情地拥抱我……有一个东西浇灌在他的血管中，以前他不会在散布在吉达海边的咖啡馆里如此拥抱我"（犬吠：7）。阿亚什之所以如此激动，是因为"我"象征着吉达，看到了"我"的出现，使他感到似乎返回到心中向往的吉达。尽管他建构了新的国家身份认同，可是他改变不了潜意识中的地区认同，因为他始终认为自己是吉达人。回到也门的娃法一家生活失去保证，娃法只能以出卖自己的肉体换取生活之资，她没有建立自己的国家身份认同，也没有建立地区身份认同，因此当娃法再次见到"我"时，她的唯一请求就是以"我"的名字命名她六个月大的孩子，因为她希望孩子有"根"，不再成为社会的"弃儿"，可以说，娃法最大的愿望就是像以前一样成为吉达人。

阿拉伯人所经历的国家和地区身份认同的危机，是特定时代的产物，海湾战争"撕裂了完整的自我，完整的国民，使他们进入冲突"[1]，使也门侨民陷入深刻的国家和地区认同危机，无论是返回沙特的人，还是留在也门的人，他们原有的国家和地区身份认同已经改变，而这一改变是外部强加的不以个人意志为转移的，因此，身份认同的失败是他们无法解脱的痛苦。娃法在离开吉达时说："明天我就要走了……成为那里的陌生

---

[1] 祖胡尔·克拉姆：《当对话变成阿卜杜胡·哈勒小说中的〈犬吠〉时》，《耶路撒冷报》2014 年第 7807 期。

人"（犬吠：114）。而她并不知道，海湾战争爆发之后，她与其他也门侨民一起永远成为也门的异乡人，同时也是沙特的异乡人。

4. 阶级身份的危机

小说《天堂喷出的火焰》中，主人公尔萨来自吉达坑区，在这一地志空间中，尔萨因为行为不端被父亲和亲友们所抛弃，成为社会的弃儿，他属于沙特社会无产阶级最底层的代表。机缘巧合下进入宫殿，接触到沙特社会的上层，并成为宫殿老主人一家的座上宾，开始掌握一定的社会财富，从街区居民中脱颖而出，但是他并没有脱离自己的阶级属性。他免费给街区足球队买球服和饮料，探望疯子艾卜·贾马勒的儿子，这时候尔萨始终认为自己属于街区居民的一部分，掌握的社会财富使他有能力造福街区居民，赢得不曾有过的社会荣誉，他内心满足充满快乐。宫殿老主人死后，他搬进宫殿居住，这时候尔萨已经脱离了其生活的街区，也完成了自己中产阶级上层身份的建构，新的身份使尔萨以"救世主"的形象回到街区时，他承诺将街区的所有人都搬进宫殿，使人们摆脱贫穷的生活。将街区的部分居民带进宫殿后，尔萨成为他们中杰出代表，新的身份同样给尔萨带来了精神上的满足。当宫殿新主人的妹妹冒达长大后，尔萨希望自己获得博士学位来迎娶冒达，跻身于上层大资产阶级的行列，再次改变自己的阶级属性，因为长期宫殿的生活使尔萨在潜意识中已经认同了自己新的阶级身份。面对尔萨的阶级挑衅，宫殿主人诱使尔萨身陷股市，上亿资产蒸发，身无分文，尔萨又回到了社会的最底层。新的阶级身份是尔萨心理难以承受的，结果他精神失常，沦为街头的乞丐。

塔里克与尔萨一样属于吉达社会的最底层，经尔萨的介绍入宫，负责强奸宫殿主人商业上的竞争对手。尽管工作性质不堪，但是丰厚的经济收入使塔里克步入中产阶级中层，过上了街区居民人人向往的"天堂"生活，新的社会身份为塔里克的生活注入了活力。他积极组建虐囚队以便更好地完成"虐囚"任务。由于宫殿主人长期控制塔里克的身体和性生活，使他对自己的工作失去兴趣，每天都活在痛苦之中，后来与麦拉姆通奸，以换取短暂的心灵慰藉。尔萨破产后，塔里克第一时间去银行查看自己的银行账户，结果分文未少。新的阶级身份改变了塔里克极度贫穷的物质生活，改变了自己在街区中不堪的形象，但是却使他陷入了更大的精神世界的痛苦，他无时无刻不盼望着宫殿主人能够早日死去，以便他实现内心的解脱。

哈姆迪与塔里克一样来自坑区，属于坑区无产阶级的中产。较低的学历使他当了10年的士兵而得不到升迁，妻子也离开了自己，他最大的梦想就是能够入宫当警卫，改变自己的命运。经过多年的努力，他终于实现了自己的梦想，也改变了自己的经济状况，步入中产阶级的行列，新的社会身份使哈姆迪无比兴奋，他"多么希望他（岳父）晚点死，而看到自己的成就，为他而骄傲，而不是讽刺他"（天堂喷出的火焰：329）。但是经历了尔萨被杀事件之后，他明白了宫殿内的真相，主动辞职返回街区，也放弃了自己千辛万苦换得的新的身份属性，实现了内心的安宁，并劝阻其他像他一样渴望入宫的人，因为新的阶级身份的获得必须牺牲自己的道德和价值理念，沦为上层社会的统治工具。

宫殿成为街区居民社会身份转化的分水岭。尔萨通过宫殿主人跻身于中产阶级上层社会，给了他无尽的幸福和荣耀，但是一旦触及宫殿主人的底线，宫殿主人也随时可以让他退回到社会的最底层，饱受精神疾病的折磨。塔里克经尔萨的介绍入宫，成为中产阶级中层社会的代表，新的身份和社会财富赋予了塔里克积极的人生态度，但是最终也难逃精神痛苦的折磨。哈姆迪经过多年努力最终入宫，作为中产阶级的底层，尽管新的阶级身份令其扬眉吐气，但是他不愿意放弃自己原有的价值理念，也不愿意出卖自己的道德，最终只能选择无奈地离开。小说《天堂喷出的火焰》中的宫殿象征着转型之后现代化的沙特社会，人们的社会身份在这场社会变革中不断转换，哈勒聚焦于社会底层阶级身份的转变，探讨转型中人们的精神状态，引发读者对沙特社会阶级问题的反思。

小　结

　　哈勒站在人类命运发展的高度观照转型中沙特社会的异化现象。作为社会主体的人蜕变成金钱、权力和欲望的追逐者，贫富差距的拉大进一步扭曲人性，人与人之间的交往不是基于情感的交流，而是将彼此视作达到自我目的的工具。人们精心打造的民主制度和宗教组织，以及给人类带来辉煌的现代科技，为人类谋福利的功能日渐退化，演变成奴役人的手段，成为人事实上的主人，甚至成为人类毁灭的工具。他以批判的眼光审视沙特这些社会异化问题，以及人的精神焦虑和困惑，展现了哈勒人文主义关怀。

　　同时，哈勒对阿拉伯人所遇到的身份认同的危机也有着独到的见解。在哈勒看来，沙特社会的文化转型给贝都因人思想带来巨大的冲击，他们要么固守自己原有文化身份，承受文化不适所带来的痛苦，要么接纳新的文化，并忍受新的文化身份所带来的阵痛。在伊斯兰文化和西方文化双重夹击下，阿拉伯青年在痛苦中实现文化身份的抉择，但是即便构建起自我新的文化身份，仍难以摆脱新建身份认同所带来的痛苦。同时血统论禁锢了阿拉伯人的思想，造成人们种族身份认同的危机，诱发各种社会问题。而国家政治撕裂了部分阿拉伯人原有的国家和区域身份认同，使他们成为社会的弃儿，也是造成他们不幸的根源。此外，日益固化的阶级身份成为人们难以逾越的鸿沟，上移的阶级身份容易给来自下层社会的个体带来内心的充实，但是他们必须为此付出巨大的牺牲，而下移的阶级身份则给上层社会个体以毁灭性的打击，使其一蹶不振。哈勒通过对阿拉伯人所经历的四种不同身份认同的探讨，展现了阿拉伯人在原有身份和新建身份认同之间抉择时所呈现出的精神痛苦和心理不适，表现了阿卜杜胡·哈勒对沙特中下层社会个体命运和精神世界的考察，也反映了哈勒对阿拉伯现代社会的深入思考。

　　总之，无论是哈勒对社会异化问题的关注，还是对阿拉伯人身份认同的探讨，都是对阿拉伯人精神世界的痛苦、迷茫和扭曲的真实再现，使小说文本流露出的浓郁的人文主义气息，表现了哈勒对人类命运和发展的终极关怀，是哈勒现实主义创作的重要组成部分。

结　语

　　阿卜杜胡·哈勒是伴随着沙特"石油经济"的繁荣而成长起来的一代，见证了沙特社会的历史变迁，他了解沙特的过去，对当下的社会问题也有着敏锐的洞察力，他以知识分子的历史责任感和使命感直指沙特社会历史和当下问题，关注沙特社会存在的焦虑和异化。哈勒属于沙特社会的中产阶级，但是他来自沙特社会下层，与沙特下层社会有着天然的联系。他对社会问题的思考和对人性的拷问是对沙特社会各个阶层的批判。哈勒为沙特中下层民众的利益代言，为他们的麻木和愚昧痛心疾首，他以自己犀利的笔触插入人们的内心深处，将人性的阴暗面暴露在阳光之下，以鲁迅式的讽刺手法触碰人们最敏感的神经，以唤起国人的觉醒，具有典型的批判现实主义的特征。

　　阿卜杜胡·哈勒在与《今日文化杂志》访谈中指出："我希望我的作品能够与传统俄国小说相媲美，能够富有深度地、富有能力地发掘人物的内心世界。"①哈勒对俄国批判现实主义文学极为推崇，他作品中也构建了沙特社会内部社会阶级架构和阶级关系，因此部分沙特评论家将哈勒的作品定性为批判现实主义文学。但是哈勒一方面继承了批判现实主义文学中的基本创作理念和艺术手法，另一方面也借鉴了现代主义和后现代主义的叙事手法，将批判现实主义与现代主义和后现代主义融为一体，

――――――――――

① 《哈勒与〈今日文化杂志〉访谈录》，http://www.alriyadh.com/531682。

它既不同于传统批判现实主义，又与现代主义和后现代主义有着较大的差异，呈现出一种新的现实主义，在某种意义上，我们可以称为阿拉伯的"新现实主义"。

在叙事主题方面。哈勒继承了批判现实主义的对社会现实批判的传统，关注沙特社会存在的政治、宗教、家庭和妇女解放以及现代化转型等社会问题。第一，哈勒深入挖掘沙特社会中的权力阶层、权力服务阶层和无权阶层等三层阶级构架，在经济基础之上探讨不同阶级之间的矛盾和阶级分化等问题，展现了经济基础和上层建筑之间的互动关系，因此，阶级矛盾成为小说创作的政治主线。同时通过运用象征手法影射阿拉伯国家的政治暴力现象。在哈勒看来，统治阶层穷奢极欲，为所欲为，国家缺乏必要的宪法和法律约束，而普通民众没有政治自由和权利，也没有法律意识，更谈不上所谓的民主，只能充当当政者手中的玩偶。第二，阿拉伯传统家庭符号逐渐消解，男女两性关系走向异化。在性压抑的社会环境下，女性被套上邪恶和淫乱的枷锁，被迫以极端地方式摆脱家庭的束缚。男女两性世界被人为分割造成个体精神世界的扭曲，欲望发泄方式变态，产生了一系列社会问题。第三，沙特经济的腾飞和现代化的繁荣，掩盖了这场用 10 年的时间完成的现代化壮举对沙特社会造成的消极影响，而股市的崩盘进一步洗劫中产阶级和小资产阶级的财富，因此现代化给沙特人带来了精神焦虑和困顿，使青年人出现思想和文化的断层。

在叙事手法方面，哈勒的现实主义融合了传统现实主义小说和后现代实验小说的叙事手法。第一，在整体上保持着较为完整的叙事线索和故事情节，形成文本内在的逻辑关系，小说在内部具体故事情节处理上碎片化，呈现出时空并置、跳跃和多层次叙事的特征，呈现情节总体完整和碎片化拼贴相结合的特点。第二，在塑造人物形象时，哈勒注重在典型环境下塑造人物，小说人物既有内外兼具的立体化人物，也有趋于符号化的人物。哈勒在对部分人物处理时，刻意规避了小说人物心理世界的刻画，使小说人物变成一种符号象征；在另外一些人物处理时，注重小说人物心理世界的描述，从而塑造出外在特征和内在特征兼具的立体化人物。第三，传统现实主义小说中的"地域叙事"在后现代时期的现实主义中仍发挥着重要的影响力，哈勒试图构建小说叙事空间与文本之间的内部指涉关系，小说空间取代了时间在叙事中的主导地位，呈现出三重空间的互动关系。第四，哈勒延续了现实主义文学创作的基本手法，其象征性仍然囿于现实主义的窠臼，但又巧妙运用小说人物形象、标题和空间的象征性，拓宽了小说的空间和寓意。第五，哈勒在小说中增加其他非小说文本，使小说文本与其他文本相结合，跨越了小说文本的限制，激发读者内心深处的情感记忆，契合了阿拉伯读者的社会心理，给人以丰富的多种文学体验，充分展现小说的结构魅力。

在历史观方面，哈勒的现实主义小说受到新历史主义的影响，成为左右哈勒小说的创作理念和创作思路的核心元素。首先，哈勒将历史书写作为小说话语构建的维度，将小说置于重大历史框架之下，在小说的虚构中展现历史的现实，在历史的真实中展现小说的文本话语，构建了小说文本的历史话语体系。其次，哈勒的历史书写是基于宏大历史叙事的框架之下，既有官方历史资料，也有哈勒本人收集的历史文献，更有哈勒本人的个体人生经历，对这海湾战争和也门民主会议两个历史阶段的模仿和改写，颠覆了正统权威历史书写，展现了具有虚构特征的小写历史的客观性和真实性的一面，改变了传统的历史观。最后，哈勒展现了历史的文本性和文本的历史性。哈勒将小说文本置于特定的历史框架之下，在虚构的故事情节中融入历史事件，在历史事件的描述中融入虚构情节，虚构人物与历史人物生活在共同的历史场域，使小说文本呈现出现实性和历史性的特征。因此，阿卜杜胡·哈勒的现实主义小说契合了新历史主义文学创作的基本理念和基本特征，使虚构的小说文本具有了历史文本的严肃性和真实性，解构了主流宏大历史叙事的客观性，建构了小说文本在历史书写中真实性和客观性的一面。

在人文主义方面，哈勒聚焦于阿拉伯社会个体存在焦虑，无论是对社会异化问题的关注，还是对阿拉伯人身份认同的探讨，都体现了哈勒对阿拉伯人命运和发展的终极关怀，是哈勒现实主义文学创作的出发点也是落脚点。哈勒关注沙特社会的异化现象，作为社会主体的人蜕变成金钱、权力和欲望的追逐者，人际交往的关系也被金钱和权力所腐蚀，变得日趋工具理性。人类所创造的各种国家制度和社会组织，其社会服务功能逐渐退化，而上升为奴役人的精神和肉体的手段。现代科技给人的生活带来翻天覆地变化的同时，也为人类的毁灭埋下了祸根。

同时，阿拉伯人的身份问题成为他们生活的困扰。处于社会转型中的沙特社会，多种文化思潮涌动，在固守原有文化身份和新的文化身份之间，阿拉伯人痛苦抉择，并忍受身份困扰所带来的精神折磨。长期根植于阿拉伯社会的血统论不但禁锢了部分阿拉伯人的思维模式，而且阻碍了社会的发展，造成阿拉伯家庭的不幸，引发人们种族身份认同的危机。国家政治撕裂了部分阿拉伯人原有的国家和区域身份认同，使人们不但经受物质生活的痛苦，而且遭受失去原有身份的无奈。社会阶级的分化使一部分阿拉伯人跻身上层，但是他们在获得物质满足的同时，牺牲了自我的精神世界，而滑落到下层社会的个体，则饱受物质和精神的双重折磨。

因此，阿卜杜胡·哈勒的文学创作是一种新的现实主义，这种现实主义无论是在叙事主题上，还是叙事手法上，亦或者对历史的认知上，亦或者是人文主义关怀上，都是对传统现实主义的继承和发展，标志着沙特文学中一种新的文学思潮的产生。"现实主义小说或者说现实主义内核的小说，还将在今后很长一段时间成为阿拉伯文学的现在式。"① 因此，现实主义与现代主义和后现代主义的合流是沙特现代小说文本的新的动向，阿卜杜胡·哈勒的新现实主义小说创作成为沙特这一文学思潮的典型代表。

进入 21 世纪，经历了五个不同发展阶段之后，沙特小说进入了发展的黄金期，以哈勒为代表的多位作家先后夺得多项世界文学奖项，沙特

---

① 汪颉珉：《小说〈鸽子项圈〉的叙事艺术研究》，北京外国语大学博士毕业论文，2014。

正向阿拉伯文学大国迈进。人们对沙特的认知已经不再局限于石油、沙漠、面纱和王公贵族的奢侈，而更多看到沙特文学所迸发出来的生机和活力，沙特文学已经成为中东地区一支不可小觑的文学力量。文学作品是反映社会的镜子，对沙特小说文本的研究不仅可以使人们认识到沙特文学的发展动态，促进两国人民之间的思想和精神交流，而且可以使人们了解沙特社会的政治、经济和文化等多个层面的社会变迁，更可以体会社会存在的潜在萌动。

同时，对沙特文学的研究不仅仅是文学研究本身的内在需求，更是中沙两国社会发展的需求。由中国政府发起倡议的"一带一路"与沙特提出的"2030 愿景"已呈现对接的态势，将中国与沙特紧密地联系在一起。双方的合作不仅局限于经济和政治领域，而且更深入文化和文学领域。两国间政治和经济的交流合作离不开彼此之间的互信，离不开对彼此文化和文学了解，因此作为文化交流的重要重要组成部分的文学对于两国战略的对接有着十分重要的意义。然而作为崛起中的沙特文学和具有世界影响力的中国文学之间的交流却很少，甚至在中国的阿拉伯语界，学者们对沙特文学都知之甚少，远不及对其他阿拉伯国家文学的了解，因此论文以阿卜杜胡·哈勒及其新的现实主义文学创作为例进行研究，将为学术界研究阿拉伯文学，特别是沙特文学提供了一个新的研究维度，也为中国人了解沙特的文学搭建了一个平台，同时为中沙交流开启了一扇窗口，有助于深化两国人民之间彼此的互信和理解，在中沙两国国家战略对接的过程中，为开展双边的政治、经济、文化和社会的交流提供指导和借鉴。

参考文献

[1] 阿卜杜·阿齐兹:《瓦斯米亚》,莎哈迪出版社,1982。

[2] 阿卜杜·马利克·艾里·谢赫:《沙特小说中的道德价值》,伊玛目穆罕默德·本·沙特伊斯兰大学,2006。

[3] 阿卜杜·热合曼·阿诗玛维:《乡村情感》,阿比坎出版社,2002。

[4] 阿卜杜·热合曼·穆尼夫:《盐城》,阿拉伯文化中心出版社,2008。

[5] 阿卜杜胡·哈勒:《食草都市》,沙基出版社,1998。

[6] 阿卜杜胡·哈勒:《是金子总会发光》,骆驼出版社,2003。

[7] 阿卜杜胡·哈勒:《泥》,沙基出版社,2003。

[8] 阿卜杜胡·哈勒:《死亡从这里经过》,骆驼出版社,2004。

[9] 阿卜杜胡·哈勒:《"淫乱"》,沙基出版社,2005。

[10] 阿卜杜胡·哈勒:《天堂喷出的火焰》,骆驼出版社,2011。

[11] 阿卜杜胡·哈勒:《犬吠》,骆驼出版社,2011。

[12] 阿卜杜胡·哈勒:《迷误者的思念》,沙基出版社,2012。

[13] 阿卜杜胡·哈勒:《小说〈天堂喷出的火焰〉中的猥亵》,欧卡兹报,2015。

[14] 艾哈迈德·萨阿达尼:《阿拉伯文学史》,穆罕默德·本·沙特伊玛目伊斯兰大学,2006。

[15] 阿玛勒·阿卜杜拉·巴尔纳尔纳吉:《沙特小说创作中的文明冲突》,

乌木·古拉大学，2010。

[16] 巴克利·艾敏:《沙特阿拉伯王国的文学运动》，萨迪尔出版社，1982。

[17] 哈立德·穆罕默德·贾齐:《沙特女性文学中的短片小说》艾亚木出版社，1994。

[18] 哈立德·优素福:《沙特小说——情节、质量和底子薄弱》，《朱拜杂志》2012 年第 35 期。

[19] 哈米德·达曼胡里:《牺牲的价值》，麦加文学文化俱乐部出版社，2011。

[20] 哈桑·哈奇木:《沙特小说中的主人公》，贾赞文学俱乐部出版社，2000。

[21] 哈桑·哈奇木:《沙特小说的艺术建构》，娅法科学出版社，2009。

[22] 哈桑·尼阿米:《沙特小说的现实与转型》，文化部出版社，2009。

[23] 哈桑·尼阿米:《哈桑·尼阿米博士与〈朱拜〉杂志访谈录》，2012。

[24] 侯赛因·穆纳绥尔:《20 世纪沙特短篇小说研究》，法拉比出版社，2008。

[25] 侯赛因·穆纳绥尔:《90 年代小说记忆——沙特小说解读》，法拉比出版社，2009。

[26] 贾齐·古赛伊比:《死亡从这里经过》，骆驼出版社，2004。

[27] 贾齐·古赛伊比:《女精灵》，阿拉伯研究出版社，2006。

[28] 拉嘉·阿莱姆:《鸽子项圈》，阿拉伯文化中心出版社，2010。

[29] 拉嘉·萨尼阿:《利雅得姑娘》，沙基出版社，2007。

[30] 里姆·苏莱曼:《猥亵儿童——隐性文化陋习，必须施以严刑峻法》，《赛巴格报》2014 年 11 月 25 日。

[31] 曼苏尔·易卜拉欣·哈齐米:《沙特现代文学中的小说艺术》，科学出版社，1981。

[32] 曼苏尔·易卜拉欣·哈齐米:《沙特现代文学百科全书》，木弗拉达

特出版社，2001。

[33]　穆罕默德·焦海里：《自然的复仇》，塔瓦·玛塔拉出版社，2007。

[34]　穆罕默德·利雅得·瓦塔尔：《阿拉伯当代小说中文化遗产的利用》，阿拉伯作家协会出版社，2002。

[35]　穆罕默德·萨利赫·闪忒：《沙特阿拉伯王国的当代短篇小说》，木里赫出版社，1987。

[36]　穆罕默德·闪忒：《沙特阿拉伯文学研究——手法、流派和案例》，安达卢西亚出版社，2003。

[37]　穆罕默德·阿巴斯：《禁忌的坍塌——沙特政治小说研究》，贾达威尔出版社，2011。

[38]　穆罕默德·阿卜杜·热合曼·沙米赫：《沙特阿拉伯王国的散文文学研究》，科学出版社，1983。

[39]　穆罕默德·阿里·马格里比：《〈复兴〉献词》，文化部出版社，2009。

[40]　穆罕默德·古达特：《沙特女性文学中的小小说研究》，约旦大学，2014。

[41]　穆罕默德·卡什阿米：《阿拉伯小说及其在沙特阿拉伯王国的兴起》，《朱拜杂志》2012 年第 35 期。

[42]　纳赛尔·穆罕默德·阿巴斯：《沙特当代小说艺术建构》，科学出版社，1983。

[43]　奴拉·穆罕默德·木里：《沙特小说的叙事结构》，乌木·古拉大学，2008。

[44]　奴拉·赛义德·盖哈塔尼：《沙特女性小说中的男性形象研究》，阿卜杜·阿齐兹国王大学，2007。

[45]　萨马希尔·达敏：《阿卜杜胡·哈勒的小说——一个对边际人开发的世界》，《格菲莱杂志》2011 年第 60 期。

[46]　萨姆西·哈吉利：《沙特阿拉伯王国的短篇小说》，文学俱乐部出版社，1987。

[47] 赛德·迪布:《成长和发展中的沙特阿拉伯王国小说艺术》爱资哈尔文化遗产出版社，1995。

[48] 苏尔丹·盖哈塔尼:《成长和发展中的沙特阿拉伯王国小说》，文学俱乐部出版社，2009。

[49] 塔莱阿·苏卜哈·赛义德:《浪漫主义和现实主义下的沙特阿拉伯王国短篇小说研究 》，塔伊夫文学俱乐部出版社，1988。

[50] 塔米·萨米利:《沙特小说——对话与问题》，卡法哈出版社，2009。

[51] 图尔基·哈姆德:《幻影三部曲》，沙基出版社，1998、2003、2007。

[52] 《窝希特字典 》，舒鲁格国际出版社，2004。

[53] 亚哈亚·马哈茂德·本·朱乃德:《沙特文学研究》，法赫德国王国家出版社，2010。

[54] 伊本·曼祖尔:《阿拉伯语字典》第一卷，阿拉伯语出版社，1970。

[55] 宰卡·萨迪尔:《阿卜杜胡·哈勒——神话是未来》,《阿拉伯报》2014年第9478期。

[56] 哲姆安·阿卜杜·克里姆·格迷笛:《沙特当代文学批评：产生和发展》，乌木·古拉大学，1999。

[57] 祖胡尔·克拉姆:《当对话变成阿卜杜胡·哈勒小说中的《犬吠》时》,《耶路撒冷报》2014年第7807期。

[58] Hutcheon Linda. Narcissistic Narrative.Wilfrid Laurier University Press, 1986.

[59] Hayden White, Tropics of Discourse, the Johns Hopkins University Press, 1987.

[60] Julian Wolfreys. Introducing Criticism at the 21st Century, Edinburgh University Press, 2012.

[61] 爱德华·萨义德:《东方学》，王宇根译，三联出版社，1999。

[62] 巴尔扎克:《人间喜剧》，世界图书出版公司，2009。

[63] 贝尔:《关于异化的辩论》,陆梅林、程代熙编选《异化问题》下册,文化艺术出版社,1986。

[64] 蔡伟良、周顺贤:《阿拉伯文学史》,上海外语教育出版社,1998。

[65] 陈沫:《沙特阿拉伯》,社会科学文献出版社,2011。

[66] 陈世丹:《美国后现代主义小说详解》,南开大学出版社,2010。

[67] 菲利普·西提:《阿拉伯通史》,马坚译,新世界出版社,2008。

[68] 冯肖华:《现实主义文学的时代张力》,中国社会科学出版社,2011。

[69] 弗洛姆:《马克思关于人的概念》,复旦大学哲学系编译《西方学者论1844年经济学—哲学手稿》,复旦大学出版社,1983。

[70] 弗洛姆:《健全的社会》,欧阳谦译,中国文联出版公司,1988。

[71] 葛纪红:《跨越时空的叙事》,江苏大学出版社,2015。

[72] 《古兰经》,马坚译,中国社会科学出版社,1996。

[73] 郭继德:《当代美国文学中的新现实主义》,当代外国文学,1997。

[74] 哈贝马斯:《作为"意识形态"的技术与科学》,李黎等译,学林出版社,1999。

[75] 汉纳·法胡里:《阿拉伯文学史》,郅溥浩译,宁夏人民出版社,2008。

[76] 《汉语阿拉伯语字典》,北京大学出版社,2008。

[77] 海登·怀特:《新历史主义:一则批评》,王逢振主编《最新西方文论选》,漓江出版社,1991。

[78] 黑格尔:《美学》第2卷,朱光潜译,商务印书馆,1979。

[79] 姜涛:《当代美国小说的新现实主义视域》,《当代外国文学》2007年第4期。

[80] J.希利斯·米勒:《解读叙事》,申丹译,北京大学出版社,2002。

[81] 卡西尔:《神话思维》,黄龙保译,中国社会科学出版社,1992。

[82] 李争:《身份认同的焦虑与寻找——读〈追风筝的〉》,《学术界》2013年第2期。

[83] 蔡晓惠:《空间理论与文学批评的空间转向》,《石河子大学学报》2014 年第 4 期。

[84] 李红燕:《身份的焦虑——〈任碧莲移民小说研究〉》,浙江大学出版社,2014。

[85] 林丰民:《文化转型中的阿拉伯现代文学》,北京大学出版社,2007。

[86] 凌晨光:《历史与文学——论新历史主义文学批评》,《江海学刊》2001 年第 1 期。

[87] 刘海平、王守仁:《新编美国文学史》第 4 卷,上海外语教育出版社,2002。

[88] 龙迪勇:《论现代小说的空间叙事》,《江西社会科学》2003 年第 10 期。

[89] 鲁阿斯:《美国作家访谈录》,粟旺、李文俊译,中国对外翻译出版公司,1995。

[90] 龙迪勇:《空间叙事研究》,三联书店,2014。

[91] 卢卡奇:《历史与阶级意识》,杜章智等译,商务印书馆,1996。

[92] 陆梅林、程代熙译《异化问题》,文化艺术出版社,1986。

[93] 陆扬:《社会空间的生产——析列斐伏尔〈空间的生产〉》,《甘肃社会科学》2008 年第 5 期。

[94] 罗珀:《民主的历史:马克思主义解读》,王如君译,人民日报出版社,2015。

[95] 穆斯林·本·哈查吉:《穆斯林圣训实录全集》,余崇仁译,宗教文化出版社,2009。

[96] 马丁·海德格尔:《存在与时间》,陈嘉映等译,三联书店,1987。

[97] 马尔库塞:《爱欲与文明》,黄勇、薛民译,上海译文出版社,1981。

[98] 马福德:《近代伊斯兰复兴运动的先驱》,中国社会科学出版社,2006。

[99] 《马克思恩格斯全集》第 1 卷，人民出版社，1956。

[100] 《马克思恩格斯全集》第 1 卷，人民出版社，1965。

[101] 《马克思恩格斯全集》第 1 卷，人民出版社，1972。

[102] 《马克思恩格斯全集》第 4 卷，人民出版社，1972。

[103] 《共产党宣言》，人民出版社，1997。

[104] 《1844 年经济学哲学手稿》，人民出版社，2000。

[105] 马克·柯里:《后现代叙事理论》，宁一中译，北京大学出版社，2003。

[106] 马新国:《西方文论史》，高等教育出版社，2008。

[107] 马学忠:《沙特阿拉伯王国的现代化探索与实践——传统与变革》，北京外国语大学博士毕业论文，2003。

[108] 梅列金斯基:《神话的诗学》，魏庆征译，商务印书馆，1990。

[109] 尼采:《悲剧的诞生》，李长俊译，湖南人民出版社，1986。

[110] 潘定宇:《沙特阿拉伯小说一瞥》，《阿拉伯世界》1990 年第 4 期。

[111] 彭树智:《阿拉伯国家史》，商务印书馆，1999。

[112] 佘军:《美国新现实主义小说中的人物概念和人物刻画》，《当代外国文学》2013 年第 4 期。

[113] 佘军:《美国新现实主义小说研究》，苏州大学博士毕业论文，2013。

[114] 申丹:《叙述学与小说文体学研究》，北京大学出版社，1998。

[115] 申丹、王丽亚:《西方叙事学:经典与后经典》，北京大学出版社，2010。

[116] 塞缪尔·亨廷顿:《文明的冲突与世界秩序的重建》，周琪等译，新华出版社，2002。

[117] 谭军强:《叙事理论与审美文化》，中国社会科学出版社，2002。

[118] 钱学文:《当代沙特阿拉伯王国社会与文化》，上海外语教育出版社，2003。

[119] 瑞泽尔:《后现代社会理论》，谢立中等译，华夏出版社，2003。

[120] 王守仁:《谈二十世纪的现实主义》，《外国文学评论》1998 年第

4 期。

[121] 王铁铮:《中东国家通史》沙特卷，商务印书馆，2004。

[122] 王岳川:《后殖民主义与新历史主义文论》，山东教育出版社，1999。

[123] 汪颉珉:《小说〈鸽子项圈〉的叙事艺术研究》，北京外国语大学博士毕业论文，2014。

[124] 韦勒克、沃伦:《文学理论》，三联书店，1984。

[125] 温儒敏:《新文学现实主义的流变》，北京大学出版社，2007。

[126] 吴宁:《日常生活的批判》，人民出版社，2007。

[127] 吴庆军:《当代空间批评评析》，《世界文学评论》2007 年第 2 期。

[128] 吴彦:《沙特阿拉伯政治现代化进程》，浙江大学出版社，2011。

[129] 希利斯·米勒:《解读叙事》，申丹译，北京大学出版社，2002。

[130] 《辞海》，上海辞书出版社，1999。

[131] 薛庆国:《新世纪的阿拉伯文学——乱世中文学之盛》，《外国文学动态》2011 年第 2 期。

[132] 亚理斯多德:《诗学》，罗念生译，人民出版社，1982。

[133] 杨义:《中国叙事学》，人民教育出版社，1997。

[134] 殷企平、朱安博:《什么是现实主义》，上海外语教育出版社，2011。

[135] 余玉萍:《〈鸽项圈〉中的文学意象及其文化符号》，《外国文学评论》2014 年第 4 期。

[136] 詹姆斯·温布兰特:《沙特阿拉伯史》，韩志斌等译，东方出版社，2009。

[137] 张进:《新历史主义文学思潮通论》，暨南大学出版社，2013。

[138] 张寅德:《叙述学研究》，中国社会科学出版社，1998。

[139] 仲跻昆:《阿拉伯现代文学史》，昆仑出版社，2001。

[140] 仲跻昆:《阿拉伯文学通史》下卷，译林出版社，2010。

[141] 朱光潜:《西方美学史》下卷，人民文学出版社，1964。

[142] 朱光潜：《谈美书简》，北京出版社，2003。

[143] 朱利安·沃尔弗雷斯：《21世纪批评述介》，张琼、张冲译，南京大学出版社，2009。

[144] 朱刚：《二十世纪西方文论》，北京大学出版社，2007。

[145] 朱立元：《当代西方文艺理论》，华东师范大学出版社，1997。

[146] 朱立元：《新时期以来文学理论和批评发展概况的调查报告》，春风文艺出版社，2006。

[147] 朱静：《格林布拉特新历史主义研究》，人民出版社，2015。

[148] 朱志荣：《西方文论史》，北京大学出版社，2007。

[149] 仰海峰："列斐伏尔与现代世界的日常批判"，《现代哲学》2013年第1期。

[150] 余军：《美国新现实主义小说研究》，苏州大学，2013。

[151] 邹兰芳：《2010年阿拉伯小说布克奖尘埃落定》，《外国文学动态》2010年第6期。

[152] 《沙特限制劝善戒恶委员会权限和职能》，《阿拉伯报》，http://www.alarab.co.uk/?id=77775。

[153] 阿拉伯小说布克奖，http://www.arabicfiction.org/ar/news.2.16.html。

[154] 《阿拉伯耶路撒冷报》，《沙特作家阿卜杜胡·哈勒获得阿拉伯小说布克奖》，http://www.alquds.co.uk/pdfarchives/2010/03/03-02/All.pdf。

[155] 《沙特文学》，阿伊莎网，http://www.dr-aysha.com/inf/articles.php?action=show&id=3669。

[156] 《哈勒与〈今日文化杂志〉访谈录》，http://www.alriyadh.com/531682。

[157] 《哈勒与〈麦加报〉访谈录访谈录》，http://makkahnewspaper.com/article/122882/Makkah。

[158] 《阿卜杜胡·哈勒与〈加西尔文化杂志〉会谈》，加西尔文化杂志，http://aljasra.org/archive/cms/?p=2079。

[159] 《九十年代的腾飞：经验和教训》，《利雅得报》，http://www.alriyadh.com/318484。

[160] 《劝善戒恶委员会不能驱逐和盘问个人》，《利雅得报》，http://www.alriyadh.com/1146183。

[161] 《瓦哈比教派基于误导他人》，马哈尔通讯社，http://ar.mehrnews.com/news/1865298。

[162] 《与阿卜杜胡·哈勒全方位访谈录》，纳西尔出版社，http://www.nashiri.net/interviews-and-reports/interviews/1931-3-3-v15-1931.html。

[163] 《劳工泛滥》，《欧卡兹报》，http://okaz.com.sa/article/1015904。

[164] 《名誉是一种对劝善戒恶委员会的控诉》，《欧卡兹报》，http://okaz.com.sa/article/1023624。

[165] 《沙特反叛文学》，《生活报》，http://www.alghad.com/articles。

[166] 《阿里·阿卜杜拉在新兴国家民主会议上的讲话稿》，也门总统办公室国家信息中心网，http://yemen-nic.info/presidency/detail.php?ID=5927&phrase_id=1405242。

[167] 《沙特开始对极端组织执行国王令》，《中东报》，http://aawsat.com/home/article/50036。

图书在版编目（CIP）数据

后现代语境下的现实主义：沙特作家阿卜杜胡·哈
勒小说研究／刘东宁著. -- 北京：社会科学文献出版
社，2018.11
ISBN 978 - 7 - 5201 - 3801 - 7

Ⅰ.①后… Ⅱ.①刘… Ⅲ.①阿卜杜胡·哈勒 - 小说
研究 Ⅳ.①I384.074

中国版本图书馆 CIP 数据核字（2018）第 256653 号

后现代语境下的现实主义
——沙特作家阿卜杜胡·哈勒小说研究

著　　者／刘东宁

出 版 人／谢寿光
项目统筹／宋月华　周志静
责任编辑／范　迎

出　　版／社会科学文献出版社·人文分社（010）59367215
　　　　　地址：北京市北三环中路甲 29 号院华龙大厦　邮编：100029
　　　　　网址：www.ssap.com.cn
发　　行／市场营销中心（010）59367081　59367083
印　　装／三河市龙林印务有限公司

规　　格／开　本：787mm×1092mm　1/16
　　　　　印　张：11.5　字　数：165 千字
版　　次／2018 年 11 月第 1 版　2018 年 11 月第 1 次印刷
书　　号／ISBN 978 - 7 - 5201 - 3801 - 7
定　　价／89.00 元